多喜二忌や

柴山芳隆

多喜二忌や●目次

カバー・扉絵　原田　拓

多喜二忌や

第一章　バイオリン協奏曲

私は、そのコンサートをとても楽しみにしていました。

一九三二年（昭和七年）十二月九日に東京の日比谷公会堂で催されたコンサートのメイン・プログラムはベートーベンの「バイオリン協奏曲ニ長調　作品61」で、バイオリン独奏はヨーゼフ・シゲティ、共演は近衛秀麿指揮の新交響楽団です。

〝傑作の森〟の時期と言われるベートーベン中期を代表する作品の一つであるこの楽曲は、〝バイオリン協奏曲の王者〟と評され、メンデルスゾーンの作品64、ブラームスの作品77とともに世界の三大バイオリン協奏曲と言われてもいます。

ブタペストに生まれ、音楽一家の恵まれた環境のもとに育ったシゲティは四十歳という、演奏者として脂の乗り切った年齢です。当時流行していた技巧重視の華やかさとは一線を画しますが、音楽の深みそのものを真摯に追及するバイオリニストとして高い評価を受けていました。

指揮者の近衛秀麿はまだ三十代半ばですが、すでに日本のオーケストラのパイオニア的存在と位置づけられつつありましたし、みずからが常任指揮者として指導と育成にあたってきた新交響楽団は、ここ数年、ベートーベンの他に、モーツアルト、シューベルト、マーラー、メンデルスゾーンなどの楽曲を数多くこなして着実に力をつけていました。

つまり、音楽の殿堂たる日比谷公会堂での演奏会は、会場も曲目も、私のように自分自身がバイオリンに取り組んでいる者はもちろん、クラシック音楽ファン一般にとっても聞き逃すことのできない好企画と言ってよかったのです。

私が初めて自分のバイオリンを弾いたのは十五歳のときですからスタートは結構遅かったのですが、一度取り組み始めてみるとすっかりその魅力に引き込まれてしまい、あれから三十年近く経た現在では、バイオリン仲間の隅っこに小さいながら自分なりの席を置かせてもらっています。たくさん練習して、できればソリストになりたいという初心を未だに忘れずにいるのです。

そんなわけで、今をときめくシゲティの二年連続二度目の来日を知ったとき、私は今回のコンサートは必ず聴きに行くと決めました。前の年は、私はまだ北海道の小樽で暮らしていましたので、演奏を直接聴くことはできなかったのです。

演奏会の切符は、売り出されたら直ちに購入しようと肚《はら》づもりしていましたが、入場券は、私が買いに出かける前に私のところに届きました。私がまったく知らない人から郵送されてきたのです。

封筒の中には、入場券と一緒に小さな紙片が入っており、それには、私はあなたのバイオリンのファンの一人です、とだけ書かれています。筆跡にはまったく見覚えがありません。ただ、どうも女文字のような印象がありましたので同居している母にも見てもらいましたが、母にもまったく見当はつきませんでした。

残念ながら、私は高価なコンサートのチケットを匿名で贈ってもらえるほどのバイオリニストではありません。

いたずらのような気がしないでもありませんでしたので、数日後に、親しいバイオリン仲間にそれを見せると、すでに自分の切符を購入していたその友人は、自分の持っている現物を私に示してそれと見比べ、私に送られてきたチケットは本物に間違いないと断定しました。

私の釈然としない思いは消えることがありませんでしたが、シゲティの演奏を聴かないという選択肢はありませんでしたので、とにかく当日、その入場券を持参して早めに会場に入り、券に記されている席に腰をおろしました。

日比谷公会堂は三年前に竣工したばかりの、当時としては日本で唯一のコンサート専用ホールです。外観は四階建てですが、一階に約千席、フロアーが同一になっている二階から四階にかけての部分にやはり約千席、合わせて二千を超える座席を誇る大ホールです。

私に与えられたのは二階中央の最前列の席でしたので、ほぼ場内全体を見渡せますが、客の入りはまだ二割程度です。開演まで三十分以上あり、私は、自分が早く来過ぎたせいだと判断しましたが、案に相違して客足は鈍く、十分前になっても席の半分以上は空いています。私の右側は二席、左側は三席連続して空席のままでした。

せっかくの大バイオリニストの演奏会なのにと、私は義憤のようなものすら感じましたが、その時、ふいにという感じで私のすぐ左側の席に男性が座りました。

私は、安心にも似た思いで何気なく和服姿の小柄なその男性の横顔に視線を当てました。

驚愕しました。

その男性は、ここ三ヵ月ばかり会っていない私の兄・小林多喜二なのです。ソフト帽をかぶりロイド眼鏡をかけてはいますが、弟の私が兄を見間違えるはずはありません。

着物の上にまとっているのも、前回、母や姉とともに麻布《あざぶ》の喫茶室で短時間会ったときに着ていた二重廻《にじゅうまわ》しでした。

「今日はまったくの他人だ」

ちょっと俯《うつむ》き加減になり、低い声で短くそうつぶやきながら帽子をとると、兄は、あとは正面を見つめたまま私には一切関わらない態度をとりました。明らかに、こちらから話しかけるのを拒否しています。

わけの分からないまま、私は横目を使いながら沈黙しました。

客席の照明が落とされ、そこだけ煌々としたステージに肩幅の広いシゲティが登場して会場内に拍手が起こりました。兄も盛んに手を叩いています。

拍手が収まったところで、指揮者の指示に従ったティンパニーが、三つの楽章から成る協奏曲全体の序奏を開始するのが見えましたが、私はほとんどそれを聴いてはいませんでした。

私はひどく混乱していました。

兄の多喜二はいま地下活動を余儀なくされています。兄からは滅多に連絡がなく、母と私は、兄の居場所も仕事もまったく承知していません。こちらからは連絡方法といったものが一切ないのです。

　地下に潜っているはずの兄が今どうしてここにいるのか。よりによって私の隣に座っているのか。多少変装めいた格好はしていますが、常時、特高（特別高等警察）に追われている兄が、こんなに人の集まっている場所に姿を現わして大丈夫なのか。

　私の頭の中にはまずそうした懸念が一気に広がりました、続いて、私へのチケットの郵送には兄も関わっていたのかもしれないという想像が浮かび上がってきました。

かりに、兄が直接関与していないとしても、兄と私の間柄を知っている誰かが、ひそかな善意から、このコンサートで隣り合わせになるよう取り計らってくれたに違いないと推測できました。

　コンサートに足を運ぶにあたり、私は自分なりの注目点や聴きどころといったものを整理していました。独奏者の全体的なフィンガリング（左手の指の運び）やボウイング（右手による弓の操作）はもちろんですが、冒頭のオーケストラ部分が終わっていよいよ独奏バイオリンが曲に入っていく瞬間の雰囲気のつくり方といった項目もあります。

　しかし、そこに神経がいかないうちに独奏バイオリンはすでに第一主題を演奏し終えて第二主題へとむかっていました。

つまり、私は、突然姿を現わした兄のことに気が取られて、おちおち音楽など鑑賞してはいられなかったのです。

兄は今はどこでどのような生活をしているのか。どんな仕事をしているのか。長年の恋人である田仲タエちゃんとはうまくいっているのか。これまでどおり小説や評論は書いているのかどうか。もし書いているとすればどんなところに発表しているのか等々、聞き質したいことは際限なくあります。

私はさりげなく左側に何度か横目を走らせてみましたが、兄はベートーベンに熱中しているような印象で、周囲にはいかなる関心も示していません。兄の宣言したとおり、ふたりはまったく他人の関係にあるのです。

兄がもともとベートーベンの音楽に傾倒していたことは私も承知しています。しかし、今の兄は、眼の前の演奏に陶酔していて私への関心が薄くなっているという気配ではありません。

少し考えて私は、それは兄の周到な配慮によるものであることに気づきました。兄は特高に追われて地下生活をしている身です。もし兄が私と関係あるような態度を見せ、かりに特高がその場面を目撃しているとすれば、兄のみならず私もこの場で拘束されてしまう可能性が充分ありますし、いずれは、私と一緒に暮らしている私たちの母親にまで累が及ぶことになりかねません。

家族思いの兄は、そうした点までしっかりと考えているのでしょう。

第一楽章の末尾に添えられているカデンツァ（装飾楽句）も事前の私の大きな関心事でしたが、よく味わわないうちに曲はすでにそこにむかっています。二十五分ほどの第一楽章も残りは少々です。第二楽章は十二分、第三楽章は十分程度ですから、終曲まで見とおしても、兄と並んで座っていられる時間はあと三十分あるかないかです。

私は焦りました。今ここで別れてしまったら、次に兄と会える機会はいつになるかまったく見当がつきません。極端な話、シゲティは、いつかまた来日する機会があればゆっくりと鑑賞することができます。来日がかなわず、海外でのコンサートになっても、渡航資金さえ捻出できれば、その地まで赴くことは可能です。

しかし、兄は、たとえ同じ東京にいたとしても、私には訪ねていく手がかりも方法もないのです。

第一楽章が終了して、そこここからあわてて咳をしたり鼻をかんだりする音がきこえましたが、燕尾服の指揮者が指揮棒を構えると同時にホール内にはまた完全な静寂が戻りました。

バイオリンの弦は高い方から順にE《エー》線、A《アー》線、D《デー》線、G《ゲー》線と呼ばれていますが、第二楽章の半ば近くにD線とG線のみで演奏するよう指示されている部分があり、そこも私の前もっての注目点の箇所になっています。というのも、ふだんから私はどうもD線上の音をうまく出せていないという感覚をぬぐい切れておらず、D線の特徴を生かして用いる奏法に強い関心があるのです。

うまい具合に、その箇所は眼と耳の両方でシゲティの技術を盗めたような気がしますが、私の思いはまたすぐ兄の方に引き寄せられていました。

さしあたっては、このコンサートが終了した後でどうなるのか、どうするのかということです。

今流れている第二楽章は切れめなしに第三楽章に続いていきますから、眼の前で進行中の協奏曲が終了するまでは何の動きもないでしょう。問題はその後です。

終曲の段階でシゲティと指揮者は舞台から去って小休止になり、休憩後にバッハの組曲とパガニーニの狂想曲の演奏が予定されています。最後にアンコール曲があるのが普通ですが、客の入りがよくないのでもしかしたらそれはないかもしれません。

現に、私の右隣も兄の左隣も空席のままですし、兄と私それぞれの真後ろのシートにも人の姿はないのです。

どうしたわけか、全体でも五割以下の不入りです。シゲティの名は、私が思うほど日本では知られていないのでしょうか。それとも、バイオリンという楽器への日本人の関心はまだそれほどではないのでしょうか。私はシゲティの大ファンで、レコードも何枚か持っていますが、正直に言えば、二年前に、拘留中の兄から教えてもらうまでは私もその名前を知らなかったのでした。

もちろん、私はコンサートの最後まで鑑賞するつもりでいます。兄もそうなのでしょうか、それともどこかの段階で席を立つのでしょうか。退席する兄は私に対して何らかの行動を起こすのでしょうか。それともそのまま立ち去ってしまうのでしょうか。

私があれこれ思いめぐらしているうちに曲はたちまち第三楽章に入り、十分もしないうちにシゲティのバイオリンは、この楽章の冒頭に提示したロンド主題の再現にかかっています。

終曲間近と思う間もなく、オーケストラが輝かしいクライマックスを現出し、いかにもベートーベンらしいすべての楽器による力強い演奏で、全曲の幕が閉じられました。

来場者は一斉に拍手を送っていますが、何しろ観客の絶対数が少ないので今一つ盛り上がりに欠けます。通常ならあがる「ブラボー」の声も聞こえませんでした。

兄もしきりに両手を叩いていますが、場内の拍手の音を利用するかのような間合いで、

「母さんをよろしくな」

と、私だけにしか聞こえない低い声で言いました。涙声の印象があるのは、楽聖の名曲にこころを揺さぶられただけでなく、そこに母への惜別の情のようなものも混じっていたのでしょうか。

私は、気持ちを改めてそちらに顔を向けましたが、兄は正面を見つめたままです。相変わらず、私とはまったく関係のない態度です。

私がどうしたものかと迷っているうちに拍手がしぼみ始めました。

「すばらしかった。あとは仕事だ、仕事だ」

兄は、拍手が完全に終息する前にという趣きでそうつぶやくとぷいと席を立って帽子をかぶり、後ろを振り返ることもなく、側壁に切られた出入口の扉に足早に歩み寄って行きました。

多少右肩をゆするような歩き方は兄の生来の癖ですが、それが、私が生きている兄の姿

を見た最後になりました。

それから二ヵ月あまり後に兄と再会することになるのですが、そのときの兄は、二十九歳でもう遺体になってしまっていたのでした。

第二章　離　郷

私は、北海道の小樽で生まれましたが、兄の多喜二は、秋田県北部、羽州《うしゅう》街道の大館《おおだて》宿の北西一里半（六キロ）ほどに位置する北秋田郡下川沿村《しもかわぞいむら》川口で誕生しました。一九〇三年（明治三十六年）十月十三日のことです。このとき、父末松《すえまつ》は三十八歳、母セキは三十歳で、多喜二の兄多喜郎と姉チマ、それに継祖母ツネと合わせて五人家族となりました。

小林家は、村の中央を県北一の大河米代川《よねしろがわ》が流れる下川沿村で江戸時代から「多治右衛門」と言われていた家系をもつ地主の一族から、私どもの祖父にあたる多喜次郎の年代に分家したものです。

祖父は、久保田（秋田市）に本拠を置く佐竹藩の分家の一つである佐竹西家の城下町大館をひかえて昔から宿駅として知られていた川口の地で旅宿を営んでいました。同時に、多くの人手を使って田畑を耕作し、村でも裕福な一家を構えていました。川口は、七、八十戸ほどの農家を中心とする小集落でした。

羽州街道は、青森から秋田、山形を経て福島に到る街道ですが、参勤交代のお殿様も通る主要街道なので旅宿業も大いに繁盛し、旅籠《はたご》を経営する小林家もそれなりに潤っていたようです。

祖父は二男二女を得ましたが、長男を慶義《けいぎ》、次男を末松と名づけました。この末松が私たちの父親になります。

明治維新後、宿駅制度が廃止され、川口の地も次第にさびれていきました。それでも鉄道が開通するまでは羽州街道の往来も活発で、小林家も明治十年代の末ごろまでは旅館業を継続し、村の中では裕福な一家と位置づけられていました。

ところが、当主である伯父の慶義は家業はあらかた使用人任せにして、みずからは一攫千金を夢みた投機的な事業に熱中するようになりました。

規模の大きな投機はあまりなかったものの、小規模ながら危うい投資がたくさんあり、しかもそれらがことごとく失敗に帰してしまいました。慶義伯父はそのつど田畑を売り払うなどして急場を凌ぎましたが、それにも限りがあり、ついに小林家は二進《にっち》も三進《さっち》もいかないところまで追い込まれてしまいました。

大きな負債をかかえた慶義伯父は債権者から訴訟を提起されてしまいました。秋田の区裁判所、仙台の控訴院、最後は東京の大審院と裁判は続きましたが、結局はすべて伯父の敗訴となりました。一連のこの裁判に要した多額の経費が小林家の没落を早めたことは言うまでもありません。

すっかり困窮し、世間体もあって郷里にはいられなくなった慶義伯父は、家族を連れて上京し、子どもの絵本や浮世絵の木版刷りなどの商売をしながらとりあえず糊口をしのいでいましたが、一八九三年（明治二十六年）、意を決して北海道に移住しました。ニシン漁で沸き返っていた当時の北海道では開拓移民政策が盛んに進められており、それに便乗したのです。

こうした事情で小林家は伯父の弟、つまり私どもの父末松に託されることになり、父は母と協力して小林家の存続に努めます。

私どもの母セキは、大館の北方二里（八キロ）ばかりのところに位置する釈迦内《しゃかない》村の小作農の家から父のもとに嫁いで来ていました。母の生家はわずかな農業のかたわらソバ屋を開いてその日暮らしをしている赤貧の農家でした。結婚したとき父は二十一歳、母は十三歳でした。

まだ子どもの気分が抜けていなかった母は、文字どおり西も東も分からなかったと後年私たちに語って聞かせてくれたものです。

青森から敷設され始めた奥羽本線は、慶義伯父が北海道に渡った年に青森・秋田県境を越えて大館まで開通していました。引き続き大館と秋田市を結ぶ工事が着手され、建設工事は小林家のすぐ近くでも行われました。一日八十銭のトロッコ押しは、八反歩(八〇アール)ばかりの自作にわずかな小作をかかえただけの貧しい小林家にとっては貴重な臨時収入になったようです。かけソバ一杯が二十銭足らずの時代の話です。

貧しい小作農家で育った母はろくに学校にも行かせてもらえず、文字の読み書きもできませんでしたが、比較的裕福な時代の小林家に育った父の方は、国学や俳諧に親しんだ祖父の影響で読書を好み、特に小説や芝居には大いなる関心を示していました。残っている書簡などから察するとなかなの達筆でもあります。

ところが、長身の父はどちらかと言うと虚弱体質で、なかでも心臓に不安をかかえていました。小柄ながら母の方は健康そのものでしたから、農作業にしろ工事現場での土方作業にしろ、労働力としては母のそれが父を上回っていたかと思います。

自宅の敷地内の離れを村の小学校の校長先生に貸していて、そこから上がる収入も、小林家の生活の支えの一部になっていたようです。

北海道に渡った慶義伯父の一家は、小樽郊外の潮見台《しおみだい》というところで開墾百姓をやりながら、長男の幸蔵を小樽色内町《いろないちょう》にある靴屋に徒弟奉公に出しました。幸蔵は父親とは正反対で、とても実直で勤勉な青年でした。そこを見込まれたらしく、幸蔵は間もなく、稲穂《いなほ》町《ちょう》でパン屋を開いていた石原源蔵という人に強く請われ、そこの弟子になりました。石原は札幌に本店をもち、各地に支店を出して手広くやっていましたので、真面目で有能な人材を必要としていたのです。

靴屋の主もパン屋の経営者も、その頃はまだ珍しかったキリスト教徒で、そうしたつながりも作用した様子でした。

幸蔵の努力が実を結んで慶義伯父と幸蔵親子が稲穂町のパン屋を譲り受けたのは一九〇二年（明治三十五年）です。石原の指導と援助を受けながら、小林三星堂《みつぼしどう》というパン屋を開店したのです。〈三星〉というのは、オリオン星座の中央に位置する三連星に由来し、「信仰、希望、愛」の三つを象徴したものと聞いています。

店を開いた翌年に秋田では私の次兄多喜二が誕生し、さらにその翌年には日露戦争が始まったのですが、その年の五月に小樽の中心部が大火に見舞われ、三星堂も類焼しました。

しかし、慶義伯父はみずからの才覚を駆使して逸早く潮見台に小さなパン工場を建て、数ヵ月後に小樽区内の新富町《しんとみちょう》に工場を移して新たな店を開きました。

翌年の春、小樽港は樺太《からふと》（サハリン）侵略を目的とする日本海軍の秘密根拠地と位置づけられ、慶義伯父も御用商人の一人になって、出入りする数多くの艦船に大量のパンを売り込みます。屋根の上に掲げた伯父の店の大きな看板には「帝国軍艦御用達」と明記されていました。

このような経緯で、大火災と戦争の間に、三星堂は小樽でも一、二を争うほどのパン屋に急成長していったのでした。

小樽にしっかりとした生活基盤を築いた慶義伯父は、新興地小樽の将来性を鼓吹《こすい》しながら、弟である私の父にも盛んに北海道移住を勧めるようになりました。

当初、私の両親は北海道行きには消極的でした。生まれ育った土地をそうそう簡単に離れられるはずもないのです。なかでも継祖母は、自分一人になっても古里に残ると頑《かたく》なに主張しました。

ところが、継祖母が他界すると両親の気持ちも徐々に動き始め、一九〇七年（明治四十年）、法要のために里帰りした慶義伯父の説得を受け入れて、私の長兄の多喜郎を北海道に送り出してやることにしました。小学校を卒業したら中学校に進ませてやるという伯父の約束に甘えるかたちになったのです。

ところが、小樽に行って半年もしないうちに多喜郎は急性腹膜炎に襲われ、急遽駆けつけた父親に見守られながら十二歳で他界してしまいました。

長男を喪って両親は深刻なショックを受けました。というのも、子どもを亡くしたのはこれが初めてではなかったからです。実は、多喜郎が誕生した四年後に生まれた女の子が、出生して程もなくこの世を去っているのです。最初の子どもと二番目の子ども、二人続けて永訣しなければならなかった両親の心情は察するに余りあります。

そうした事情がある一方で、父の健康状態は悪化の一途をたどっていました。心臓に小さくない欠陥があって、ほとんど農作業には耐えられないような肉体的状況に陥っていたのです。

慶義伯父からの勧誘は引き続き熱心なものがあります。小樽に来ればパン屋の手伝いをしてもらうことにしているから、農作業より仕事はずっと楽になるはずだと伝えて来ていますし、多喜郎がなくなって跡継ぎのかたちになった多喜二については、将来、上級学校に進学させるための支援をしたいとも付け加えています。

自身の健康状態と子どもたちの将来を考えて、父が北海道へ渡る決意を固めるのにあまり時間はかかりませんでした。母も父の意向に従いました。小林家は、経済的な問題を中心に、生活全体がそれほど逼迫した状態にあったのです。

ひと冬越して新しい種を撒《ま》く時期になれば故郷を離れる決意も鈍ってしまうかもしれないと心配した父は、とり急いで離郷の準備をし、多喜郎が死去した三ヵ月後には、長年馴れ親しんだたくさんの村人たちに見送られながら、雪深い羽州街道を大館駅に急ぎました。一九〇七年（明治四十年）の暮れのことです。

新天地北海道に渡ったのは、両親のほか、七歳のチマ、四歳の多喜二、この年の一月に生まれていたツギの一家五人です。この章の冒頭で述べましたように、私三吾はまだ誕生していませんでした。

このような経緯ですので、兄多喜二の出身地となればそれはもちろん秋田県です。しかし、兄が生まれ故郷で過ごしたのは四歳までなので、生地に関わる記憶はほとんどなく、あっても断片的のようです。

後年、それらのうちの幾つかを私も耳にしましたが、私の印象に残っているのは二つだけです。一つは、父親に連れられて近くの大きな川に出かけ、穏やかな午後の日差しのなかで釣り糸を垂れたものの、父の竿にはまったく魚がかからず、自分の方に小魚が一匹だけかかったというものです。魚の種類などは分かりませんが、家の近くの大きな川といえば米代川《よねしろがわ》以外にありませんから、場所はその川岸だったのでしょう。

もう一つは、雪の降っているなか、家族でどこかのお祭りに出かけ、そこで美味しい飴をたくさん食べたという兄の記憶です。これは、今でも続いている大館市の「飴っこ市《いち》」の思い出と断定して間違いなさそうです。大館に、小正月行事の一つとしてそうした祭りがあるのです。この日に飴を食べると風邪を引かないという言い伝えがあって、「飴っこ市」には、市内のみならず周辺の地域からも多くの見物客が訪れるのです。兄が何歳の時か判然とはしませんが、きっと小林の家の家族全員でその祭りに出かけたのだろうと想像されます。

兄が秋田県で過ごしたのは誕生してから四年間だけで、そういう意味では秋田と兄の関係は深いとは言えません。ただ、後に兄は農民や農村を中心にした小説を幾つも書いており、それらを読むと、秋田の風土性のようなものがそうした作品の基盤のどこかにあるのではないかと私は推測したりしています。ただ、それが的中しているかどうかは、兄を研究してくださる方々の判断にお任せするしかないというのが正直なところです。

第三章　小樽商業学校

小樽に着いた小林一家は慶義《けいぎ》伯父の家でいったん旅装を解き、すぐにやってきた正月もそこで過ごします。

松が取れて程も経ず、伯父の指示に従って家族は、まだ市制になる前で区制をとっていた小樽区の南はずれの若竹町《わかたけちょう》に居を定めました。

石狩湾の一部を成す小樽湾の南端に位置するこの辺りは、背後に丘陵が迫り、南側に突き出た平磯岬《ひらいそ》が西方の朝里《あさり》方面との浜続きを遮断するような形で、浅い入り江をつくっています。

狭い海岸に沿って北海道本線が延び、その海側に、線路沿いに三間（五・四メートル）幅の街道が朝里、熊碓《くまうす》方面から小樽の街へ通じていました。

小林家はこの道路脇にあり、裏はすぐ線路でした。列車が通過するたびに家が揺れ、吹雪の日には道路を越えて家の正面から冷たい海水の飛沫《しぶき》が飛んできました。

平屋で、二部屋に台所がついただけのその家は、もともとは慶義伯父が隠居所として建てた家作ですが、私たちの両親は、伯父の指示に従って、そこに三星パン屋の支店を開きました。当時、三星は二十人以上の従業員をかかえ、小樽では知らない人がいないくらい繁盛していたのだそうです。伯父は先を見越して、鄙《ひな》びた小漁村にすぎなかったその地を新たな進出地に定めたのでした。

伯父の見とおしは当たっていました。支店の開店から四ヵ月経った五月から、小樽港の第二期築港工事がここを起点に始まったのです。

一八九七年（明治三十年）に起工された第一期工事の北防波堤造成事業が終了し、それに続いて、十二年計画の南防波堤造成工事が第二期のそれとして若竹町の海岸からスタートしました。目端《めはし》の利く伯父ですから、もしかしたら事前にそうした情報をどこかで得ていたのかもしれません。

築堤工事の開始とともに多くの人間が若竹町に押しかけてきました。土建会社の社員を筆頭に、人夫や土工などが大量に流入し、作業員を囲っておくためのタコ部屋などもできました。

三星パン屋から見える範囲にもそうした建物が一棟あり、時おり、棒頭《ぼうがしら》の烈しいしごきを受けているらしい肉体労働者の悲鳴が聞こえたりしたほか、一度だけですが、傷を負った中年の作業員が店内に逃げ込んで来たこともありました。その折は、母を中心にして手当てをし、晩ご飯を家族と一緒に食べさせると、青森から来たというその労務者は落ち着きを取り戻して、夜になってから自分の意志で飯場に帰っていきました。

人間が集まればまず必要なのは食糧で、さらに日用雑貨から衣料品関係へと需要が広がっていきます。当然ながらそうした商売に従事する人々も増えていくという具合で、若竹町周辺ではどんどん人口が増加していきました。

私たちの両親が任されている三星パン屋の支店では、朝早くに父親ができたてのアンパン、ミソパン、食パン、大豆を混ぜた代用パンといったものを伯父のパン工場から仕入れてきて店先に並べ、母が大福餅とまんじゅうを家でつくって客を待ちました。

しかし、客層としては労務者や漁民など貧しい人が多かったため、アンパンや代用パンはよく売れたものの、食パンはほとんど捌《さば》けません。父は、パンや餅を入れた籠をかついで飯場を中心に行商をしていましたし、慶義伯父の援助で、北海道庁立の小樽高等女学校に進んでいた姉チマも、学校から帰ると、輸出用のえんどう豆の選定工場に働きに出たり、家の近くの火山灰会社の裏へ行って石炭カスの中からコークスを拾って来たりということをしていました。

こうした状況のなか、家族が小樽に移住して二年目の一九〇九年（明治四十二年）十二月十二日に私はこの世に生を享け、三吾と名づけられました。次男の多喜二に「二」の数字が入っているように、私の名前のなかにある「三」は三男を意識したもののようでした。

私が生まれた翌年の四月に兄の多喜二は小樽区立潮見台尋常小学校に入学し、尋常科四年、高等科二年の合わせて六年間を無欠席で過ごして皆勤賞を受け、一九一六年（大正五年）三月に同校を卒業します。その四ヵ月後の七月に、末っ子となった妹の幸《ゆき》が生まれて家のなかは相変わらず賑やかでしたが、両親は子育てで大変であったようです。大変というのは、主として経済的にという意味です。父親が、そんなにバリバリ仕事のできる体調ではなかったのです。なお、この間の一九一三年（大正二年）に私たちの弟が誕生したものの、すぐに亡くなってしまいましたので、残念ながら私の記憶にはまったく残っていません。

私も通った潮見台小学校は、わが家から徒歩で十五分ほどの高台に建っています。生徒は六百人ほどで、大半は工事現場で働く労務者や小商人の貧しい子ども達でした。

毎年五月に、小樽にある小学校の連合運動会が開催され、この日は銀行、会社、大商店などはほとんどが休業しました。桜の満開時期とも重なっていましたので、会場になっている花園グランドはたくさんの人出で賑わうのが常でした。

この運動会にはどこの小学校も新調のユニフォームを着用して臨んでいたものですが、ただ一つ潮見台小学校だけはその余裕がなく、各自がみすぼらしい普段着で参加せざるを得ないような状況でした。

小学校時代の兄多喜二は、身体は小柄でしたが、体質は強健でした。おとなしく無口で、遊び友達も比較的少なかったようです。内気でどこか沈みがちであり、後年の明るくて話好きな兄とはいささか印象の異なる少年時代であった様子です。ただ、物語の上手な話し手として友人間では受け止められており、そのあたりには、後年の作家としての一面が顔をのぞかせていたのかもしれないと私は想像しています。

若竹町海岸の埋め立て工事から始まった堤防建設工事は順調に進み、明治から大正に変わった年には、港内の南側一帯で鉄道省関係の埋め立て工事も着手されるようになっていました。線路によって区切られた海岸沿いの広大な一画が鉄道用地として確保され、私たちの家は、百メートルほど隔てた踏切のところまで移転することを求められました。新たに敷設された線路に沿って整然と柵が並んだ道路に面した薄暗い家で、店先からは道路越しに踏切が真向かいに見えました。

小学校を終えた兄は、慶義伯父の援助を受けて北海道庁立小樽商業学校（現在の小樽商業高校）に進学しました。三年前に創立されたばかりのこの学校は、市街地の後背部の山腹にあり、高等教育機関である小樽高等商業の下段に建っています。五年制の甲種商業学校で、開学早々から小樽の中等学校のなかでは競争率がもっとも高く、百人の入学者に対して四百五十人前後の志願者がある学校でした。

伯父は、長い歴史をもつ小林家の戸主として自分の弟の一家、なかでも、長男を喪って今は跡継ぎの立場にある多喜二にだけはきちんとした教育を受けさせたいと考えたようですし、もちろん、私の父にも兄にも否やの感情はありませんでした。

実は、伯父の家のすぐ近くに旧制の小樽中学校があったのですが、中学校よりも商業学校の方が難関で格上とみなされていましたので、伯父も進学先としては商業学校がふさわしいと判断したようでした

こうして、兄の予科二年、本科三年のあわせて五年間の勉強が始まりました。新富町《しんとみちょう》の伯父の家に住み込み、パン工場を手伝いながらの通学で、通学距離は一里（四キロ）ほど

でした。

兄は、工場内の雑用を引き受ける一方、荷車を引いたり、トラックに乗って配達や材料の買い出しなどに出かけたりしながらも学校には休むことなく通い続けました。夏休みには、築堤の工事現場で潜水夫に空気を送り込む作業をしてわずかなお金を貧しいわが家に送ってくれたこともあったと母から聞いています。

兄の商業学生時代と私の小学校在学期間はほぼ重なっていますが、住んでいる家が別でしたので日常的な接触はあまりありませんでした。それでも、休暇などで自宅に帰って来た折には、私たちきょうだいとよく遊んでくれたものです。

私が小学校二年生の夏だったと記憶していますが、兄が私を海岸に連れて行ってくれたことがあります。最初のうちは波打ち際でパシャパシャ海水をかけあったり、腰ぐらいの深さのところで兄が私に泳ぎを教えてくれたりしていました。

それに飽きたのかどうか、そのうち、兄が平泳ぎでひとり沖に向かい始めました。私は砂浜に立ってそれを眺めていましたが、兄は私の存在を忘れたかのようにどんどん遠ざかっていきます。

波も少し出てきたようで、当初は見えていた兄の黒い頭もついにはまったく視界から消えてしまいました。

急に怖くなった私は、泣きべそをかきながら裸足のまま走って家に帰り、店番をしていた母親に事態の急変を告げました。最初は、兄《あん》ちゃんは泳ぎが得意だから、と言っていた母も、私が泣き止まないのを見て心配したらしく、私と一緒に浜辺まで足を運びました。

私と母が、兄の遠ざかった方向に視線を伸ばすと、そこには確かに人の頭らしきものがあり、しかも徐々にこちらに近づいて来ます。

「兄《あん》ちゃんが帰った！」

私が喜びの声を発すると母は、

「兄《あん》ちゃんは泳ぎが達者なんだから、三吾もこの休み中にちゃんと習っておくといいさ」

と言って、無人になっている店を気にするように急いで帰っていきました。

「三吾、どうかしたのか？」

泣いたあとの私に気づいたらしい兄が怪訝そうに私の顔を覗き込みましたが、私はうまく反応できなくて沈黙してしまいました。兄は、

「兄《あん》ちゃんがいれば三吾は何も心配することなんかないさ」

と言いながら笑顔で私の頭を撫でてくれました。

私は急に嬉しくなり、今度は嬉しさで泣き出しそうになりましたが、それはなんとかこらえたのでした。

兄は、私たち弟妹にとってはとてもやさしい兄でしたし、とにかく家族思いでした。家に帰って来た折にはまず父親の餅搗《つ》きを手伝うのが第一番の仕事でした。大福をつくっている関係で毎日のように餅を搗かねばなりませんが、心臓に持病のある父にとってそれはかなりの重労働であったのです。

最初は腰がふらつきがちだった兄も、学年を追ってしっかりとした搗き手になり、父親もずいぶん助かっていたようです。

兄はまた、周りの人に、鉱山を発見して母さんを人力車に乗せてやりたい、とよく言っていました。しょっちゅう言うものですから周囲に笑われたりすることもありましたが本人はいたって真面目です。幼いころから母の苦労を見て、きっと深く感ずるものがあったのでしょう。私たちの母は、読み書きはできませんが、背中でわが子に教えるということが自然にできていた人のように私は受け止めています。

帰省するときの兄は、ハーモニカを携えて来るのが常でした。自分では買えないので友達から借りてくるらしいのです。

夕飯の後は、家族全員で兄のハーモニカ独奏を楽しんだりハーモニカに合わせて歌ったりしましたが、ある時、兄の勧めに従って私が吹いてみると、思いのほかうまくいきました。皆びっくりし、兄のみならず、女学校を卒業した後は農産物検査所に勤めていた長姉チマも、ハーモニカは多喜二より三吾の方が上手だとほめてくれました。もともと音楽好きの私はすっかり気をよくして、それ以降は、ハーモニカに関しては兄よりも私の方が主役になりました。

音楽への関心浅からぬものがあった兄ですが、商業学校時代は絵画の方により大きな興味を示していました。

入学早々、兄は同じ方角から通学していた島田正策さん、片岡亮一さんの両名と親しくなり、島田さんを介して水戸範雄さんや小野寺末吉さんなどとも懇意になっていきました。水戸さんは絵が得意ですし、秀才として知られる小野寺さんは文学の愛好者で、博文館発行の『文章世界』をすでに購読していました。

兄は予科二年生の頃から水彩画を描き始め、暇を見つけると、時には一人で、時には仲間と連れ立って郊外に写生に出かけたりしていましたが、翌年の秋、教室の廊下の一隅を会場に、それまで描き溜めたものを集めて小さな展覧会を開きました。島田、片岡、水戸の皆さんなどに加え、斎藤次郎さん、高橋次郎さんなどの絵仲間も出品しました。兄の絵は、やや暗めで陰影のある色彩と、多少荒っぽくて太い線が特徴でした。

当時、博文館の『文章世界』にはカット絵の懸賞募集がありました。兄の絵のサークルの皆さんも毎号のように作品を送り、少なからぬ当選者を出していました。兄自身も「札幌の付近」と題した一作が入選したほか、「公園の裏」「渓流」といった作品が選外佳作になったりしました。

小樽商業の絵の仲間の皆さん方はその後、自分たちの集まりを小羊画会と命名し、一九一九年（大正八年）の十一月一日と二日に、稲穂町の中央倶楽部《くらぶ》を会場にして第一回の洋画展を開催しました。十人が参加し、六十七点の作品が展示されました。兄は、水彩画を六点出品しました。

展覧会は夜の九時頃まで開かれていましたが、夜が深まってくると、窓の下の夜店で焼くトウモロコシの香りが二階まで漂ってきました。兄が、おどけた調子で、皆でハーモニカを吹こう、とその場に提案し、居合わせた全員でトウモロコシをかじりながら楽しいひと時を過ごしたのでした。

第二回の小羊画会は翌年の五月に、前回と同じ会場で開かれ、六人から合わせて四十五点の出品がありました。兄は、水彩の風景画A、B、Cの三点を出展しました。地域の小新聞が、「小林君のは三点とも、軽快な感じだ。（中略）技巧よりも色の取り扱い方が進んでいる」と批評してくれました。

この展覧会のあと小羊画会は白洋洋画研究会と改称し、夏休みが明けて間もなくの九月に白洋画会をやはり中央倶楽部で開催しました。ここには七十点が出品され、兄は「真昼の外光」「門」「海近き崖」「夕日に映える山村」「赤き鉄橋」の風景画五点を出しました。

前回と同じ地域紙の批評は、「『真昼の外光』と『海近き崖』は強みと深みとをもって整っている。『赤き鉄橋』も力のある作だが、雲の強すぎるのが惜しい。『門』も前景に素晴しい力をみなぎらして後方のコバルトはつけたりのように浮薄だ。『夕日に映える山村』は力にとぼしい」となっています。

私は、絵画に関してはまったくの素人で、絵の巧拙などはまるで分かりせんが、兄の描いたものはどこか他の人とは違うところがあるような気がしています。美麗ではないのですが、何か力強いものが絵のなかに籠もっているように感じられ、兄独特の雰囲気がそこはかとなく伝わってくるのです。

私は今すこしばかり音楽に携わっており、芸術や文学で一番大切なのは個性だと信じています。その大切なものが兄の絵に芽生え始めていたのだろうと私は推量していますが、当時の兄にもそういう自覚があったのかどうか、兄は、さらに絵の道を深めたいという希望を強くもっていました。

ところが、兄のそうした願いは強制的に断ち切られてしまいました。伯父の命令で、絵筆を絶たざるを得なくなってしまったのです。

小林一族の総帥《そうすい》の立場にある慶義伯父は、自分の弟の跡継ぎである多喜二に資金援助して小樽商業に進学させてくれました。伯父宅に住み込みの形にはなっていますが、多喜二の勉強時間に配慮して、三星パンの手伝いは別に過重なものではありません。それなのに最近は絵に熱中して勉強が疎かになっていると伯父には見えたのでしょう。実際、絵の集まりなどで帰宅時間が遅くなることも結構あったようなのです。

ある朝、伯父は多喜二の絵の道具をすべて取り上げ、それを多喜二の眼の前で庭に叩きつけました。あわせて、今後は一切絵に手を出してはならない旨を怒気も露《あら》わに厳重に命令しました。

後年、兄は、あのときは哀しくてしょうがなかったと述懐していますが、多額の経済援助を受けている伯父に逆らうことはできません。逆らえばその時点で退学の途を選ばざるを得ませんでしたし、そうした事態は、自分の家族全体をひどい悲嘆の境地に陥れることになるのを兄はよく承知していたのです。家族思いの兄には、自分が絵筆を捨てるという以外の選択肢はありませんでした。

そのときの兄の心情を推し量ると、私は一掬《いっきく》の涙を禁じ得ませんが、まだ小学生にすぎなかった私は、そうした経緯があったことすら知らないというのが現実ではありました。

もし仮に、兄があのまま絵を続けていたとすれば、それはそれで一定のレベルに達していたのではないかと私は想像しています。音楽や絵など、兄は芸術的センスに恵まれていたように私は感じているのです。兄は、天才肌ではありませんが努力家ですから、そのセンスに努力が加われば、身贔屓《みびいき》にはなりますが、兄はきっとその方面でもひとかどの人物になっていたような気が私はしています。

兄は、結果的には文学の途《みち》に進んで、小説家としてそれなりの評価を受けるようになりましたからそれはそれで喜ばしいことではあります。しかし、もし絵をそのまま続けることができていたとすれば、少なくともあのような非業の死は免れ得たのではないかとも思量されて、どうしても複雑な気分になってしまいます。

いずれにせよ、絵をやめた兄は、その反動といった勢いで文章の世界に突き進んでいきました。

兄の作文は、もともとどこか異色なものがあったようです。本科一年生のときに授業で出された「健康の必要」という課題作文に対し、公園のベンチで憩う結核患者と健康人による対話形式の作文を提出したりしているのです。

兄は、小柄ながら到って健康な体軀の持ち主です。にもかかわらず、死病として恐れられている結核を正面から取り上げているところに、弱者に寄せる兄の基本的な姿勢が早くも覗われますし、対話形式という手法にも、小説家としての資質のようなものが兆しているのではないかと素人の私は当て推量しています。

一九一九年(大正八年)四月、本科二年生に進級すると、兄は級友の蒔田栄一さんや片岡亮一さんらとともに、交友会誌『樽商』の編集委員に選ばれました。

『樽商』は、その二年前の創刊で、兄は創刊号に「今は昔」、二号に「呪われた人」といった小文を発表していました。

そうした動きと並行して庁商短歌会という十人ほどのサークルが結成され、石川啄木を愛読していた兄は、ときどきそちらの会にも出席して短歌を発表しています。

焼印の押したる下駄をはきたりし昔のわれのいとほしきかな

の一首は、本科二年生のときの秋の短歌会で兄が最高点を獲得した歌として、私は今でも記憶しています。

兄が本科三年に進んだ一九二〇年（大正九年）、一級上の島田さんは卒業して小樽を去りましたが、兄は蒔田、片岡、斎藤さんらと語らって回覧雑誌『素描』を立ち上げ、島田さんも就職先の室蘭から寄稿しました。この回覧誌はその年の暮れまで続き、七集まで発行されました。

その間、『文章世界』五月号で「北海道の冬」「冬から春へ」、春陽堂発行の『中央文学』六月号で「春」と題した兄の詩がそれぞれ選外佳作となっていました。最終的には小説家になった兄ですが、最初は短詩形文学から入っていったのです。

本科三年は卒業学年で、六月に修学旅行が実施されるのが常です。小樽から汽船で金沢へ直行し、京都、奈良、大阪、名古屋、東京などを十日間かけて見学してくるのですが、経済的な理由で兄はその旅行に参加できませんでした。伯父がお金を出してくれなかったのだろうと思われます。絵をやめさせることには成功したものの、もう少しお灸を据えたままにしておこうとでも伯父は考えたのでしょうか。

もともと読書好きの兄ですが、この時期、兄は区立図書館の熱心な利用者でした。市街地背後の丘陵の中腹にある校門を出、〝地獄坂〟と呼ばれる急坂をしばらく下ってくると右手に花園公園があります。その入り口近くに区立小樽図書館が建っていて、下校時を中心に、兄はよくそこに立ち寄っていました。商業学校の図書館と異なり、文学書が豊富に取り揃えられていたのです。

ドストエフスキーの『罪と罰』『白痴』『虐げられし人々』などのほか、ツルゲーネフ『初恋』、ダヌンチオ『死の勝利』、ゲーテ『若きウェルテルの悩み』、フロベール『ボヴァリー夫人』など、ロシアや西欧の近代小説類を兄は次々と読破していきました。

同時に、日本人作家では賀川豊彦の『死線を越えて』、倉田百三の戯曲『出家とその弟子』、島田清次郎の『地上』などに興味を抱きました。特に、島田清次郎は金沢の商業学校出身なので、同じ商業学校に通う者としての親近感も覚えた様子です。

読書に熱中していた兄ですが、社会の動きに無関心だったわけではありません。第一次世界大戦とロシア革命以後の世界史的な激動は日本にも大きな影響を及ぼし、それは北海道にも波及してきていました。一九一九年（大正八年）には、七月に函館ドック、九月に小樽艀《はしけ》業組合、十月に室蘭製鉄所、十一月に小樽鉄工所といった具合で、連続的に大きな労働争議が発生していましたし、翌年三月には、それまで大拡張されてきた小樽の豆選工場がやはり不況に巻き込まれて閉鎖となり、一時に六千人もの女工が職を失いました。その中には、売春婦に落ちていかざるを得なくなった女性も少なくないと報告されています。

労働者階級の台頭と階級闘争の激化は、文学の世界にも反映されつつありました。中條（後の宮本）百合子の文学的出発もこのころでしたし、『解放』『改造』『我等』等の進歩的な諸雑誌の創刊も同じ時期でした。

そうした社会的、文学的な動きを背後に感じながら兄は読書と並行して詩作や短文の執筆活動にも勤《いそ》しみます。絵画に親しんでいた兄の詩はもともと叙景詩風のものが多かったのですが、それが次第に抒情性の強いものに変化し、四千字以上の分量を持ち始めた小品は次第に掌編小説、短編小説としての趣きを有するようになっていきました。

一九二一年（大正十年）三月に兄は小樽商業を卒業しますが、直前の二月に、原稿をミシンで綴り、「生れ出ずる子ら」という表題をつけて友人間に回覧し、批評を求めています。北海道に縁の深い有島武郎の『生れ出づる悩み』を意識したらしい手製のこの回覧誌は、この年だけで四集まで発行されました。

詩人で小説家であり、文芸評論家としても活躍中の伊藤整氏は、北海道の松前郡出身で、学年は私の兄の一年下になります。氏が小樽中学校の生徒であった当時、毎朝のように私の兄と擦れ違っていたそうで、自伝的長編小説の中でその折の様子を次のように叙述しています。弟である私も知らない兄の一面がよく出ていますので、ぜひ引用させていただきたいと思います。

朝、私が中学校に近づくに従って、その中学校へ登校する生徒の数が増し、かなり広い町通りが中学生で埋《うず》まるようになる。毎朝きまって、そのころ、小柄な、顔色の蒼い商業学校の生徒が、肩から斜めに下げたズックの鞄《かばん》を後ろの腰の辺へのせるように、少し前屈《まえかが》みになり、中学生の群れをさかのぼる一匹の魚のように、向うから歩いて来た。毎朝のことなので、私はその少年を見覚え、今日はこの辺で逢うから、あいつは朝寝坊したとか、今日は私の方の汽車が遅れたから、こんな所であいつに逢った、と考えるようになった。

そのうちに、私は、その商業学校の生徒が私たちの中学校の坂の下にある小林というちょっと大きな菓子屋兼パン製造工場から出て来ることに気がついた。あのパン屋の息子《むすこ》だな、と私は考えた。その蒼白い細面の商業学校の生徒は、広い街上を一面に群れてやって来る中学生たちの真中をさかのぼって歩きながら、いつも何となくナマイキな顔をしていた。この港町は、商業地なので、後《あと》で出来た商業学校の方が受験率が高かった。中学校の受験者が採用人員の三倍ある時、商業学校は三倍半ある、という程度に、少しずつ商業学校の方が難《むず》かしいので、商業学校の生徒は中学校よりもイバる傾向があった。あいつはそれで少しナマイキな顔をしているのだ、と私は思った。しかしその少年は、何となく風采《ふうさい》が上がらず、貧弱で、いつも疲れたような顔をし、鞄を後ろに背負って、配達夫のようにセッセと歩いた。（伊藤整『若い詩人の肖像』より）

第四章　小樽高等商業学校

小樽商業学校を卒業した兄は、引き続き慶義伯父の援助を受けて小樽高等商業学校（現在の小樽商科大学）に進学しました。この年の受験生は七二二名で、そのうちの一八九名が合格しました。小樽商業からは三名の受験者がありましたが、残念ながら合格したのは兄一人だけでした。

創立十周年を迎えたこの専門学校は、小樽商業の一段上の造成地に建っています。標高が二百メートルありますからとても眺めがよく、発展しつつある小樽の街や港はもちろん、小樽湾から日本海までが一望できます。

小樽高商への進学を機に、兄は慶義伯父の許しを得、五年間暮らした新富町の伯父の家から若竹町の自宅に戻りました。家族のもとから学校に通うようになったのです。両親はもちろん、私たち兄弟姉妹も大変喜び、家のなかが急に賑やかになりました。

父の健康状態が万全でなく、相変わらず貧乏なわが家でしたが、農産物検査所に勤めている長姉チマ、運送会社で働いている次姉ツギ、それに兄多喜二、私、妹幸《ゆき》の誰もが、夜になると母を囲んで我先にとその日の出来事をしゃべり合うような家庭で、なかでも兄はとにかく明るく、いつも場の中心になっていました。

人気絶頂の藤原義江の歌をうたったりチャップリンの物まねをしたり、さらにはあれこれの芝居の仕草をしたりして家族を笑わせていました。口笛もよく吹いていました。新富町の伯父の家はやはり気づまりなところもあったらしく、そうしたものから解放されたという要素もあるいはあったのかもしれません。

一方で兄は小説の朗読が好きで、深夜まで私たちに小説を読んで聞かせてくれました。私は、志賀直哉作の「子供三題」が特に気に入り、こちらからせがんで何度も朗読してもらったものですが、兄は面倒くさそうな表情などついに見せたことがなく、いつまでも私につき合ってくれたものです。

小樽の南の端に近いわが家から小樽高商までは、起伏の多い南北に伸びた市街地を斜めに突き切って四十分ほどの道のりでした。一里を四十分というのはかなりの速足ですが、一時期小樽で暮らした経験のある石川啄木が、「小樽の歩くは歩くのではない、突貫するのである」と評しているように、活気溢れる小樽の街では誰もが万事につけて活発に行動しているのです。

兄は毎朝、元気溌剌といった印象で家を飛び出していきました。上級学校に行くのがとにかく楽しみであったようです。

ただ、翌年の春に高等小学校を卒業した私は、慶義伯父の関係していた洋品店に小僧として住み込みで奉公することになり、兄とは一緒に暮らせなくなってしまいました。跡取りでもない私に、伯父からの経済的な援助などは一切ありませんでした。家督を継ぐ者とそうでない者とは截然《せつぜん》と区別されている時代であったのです。

しかし、兄は、そうした私の状況をひどく気にかけていました。つまり、自分は高等商業学校まで行かせてもらっているのに、弟は丁稚《でっち》奉公に出してしまったというわけです。

時おり、学校帰りに私の奉公先に立ち寄り、こっそりビスケットなどのお菓子を置いていってくれたりしたこともありました。私だけでなく、家族の誰にたいしてもいつもやさしい兄でした。

父も、二人の男の子の間に差別があると感じていたらしいふしがあります。

ある時、パンの行商帰りの父が、米屋の小僧がバイオリンの稽古をしているのを目にしました。大正時代の後半の一時期、日本中でバイオリン演奏が一種のブームのようになっていたのです。父は、音楽好きの私のためにバイオリンを購入しようと考えて古道具屋を訪ねたのですが、あまり高価なので諦めて帰ってきました。帰宅した父がその事実を母に告げ、それは後日母から私たちきょうだいにも伝わりました。もともと音楽は好きな私ですが、子どもごころにも家庭の経済状態を察知していたのでしょう、ハーモニカを吹くだけで満足し、バイオリンなどはまるで頭にありませんでしたから、残念といった感情が湧いたりすることはありませんでした。

小学校卒の学歴しかない私ですが、私自身には、兄と差別されたなどという意識は微塵《みじん》もありません。正直な話、私は勉強はあまり好きではなく、上級学校への進学希望を抱いたりしたこともなかったのでした。

高等商業に進んだ兄は、最初の年は、商業学校出身者だけで編成されたクラスに編入されました。中学校から進学してきた生徒に比べて英語や数学などの学力が不足していたため、その補習に重点を置いた措置でした。逆に、中学校卒業生には簿記や珠算などの実務教科が補われたと聞いています。

まだ歴史の浅い学校ということもあって、当時の小樽高商は、新進気鋭の開放的な教師陣が多数派を形成し、学内には自由の雰囲気が溢れていました。〝北の外国語学校〟と称されるくらい外国語の教育に力が入れられ、図書館には、経済や商業関係の専門書と並んで、西欧文学や明治・大正期の小説類もたくさん並べられていました。

専門の教科目の履修と同時に、兄は入学当初から文学関係の読書に精を出すようになっていました。外国文学ではドストエフスキー、トルストイ、チェーホフ、ストリンドベリーなどに挑戦し、日本の作家では志賀直哉、徳富蘆花、夏目漱石、菊池寛、石川啄木などを読んでいきました。

これと思うひとりの作家をまとめて読み、それが一段落したところで次の作家に移るというのが兄の読書スタイルです。

そうした集中と切り替えは日常生活にも現れたりして微笑を禁じ得ないところがあります。例えば、兄は、風呂などは時間が惜しいと言って三カ月くらい入らなくても平気でした。ただ、たまに銭湯に行くと、風呂代を倍額出して二人分ゆっくり入ると番台に断り、時間をかけてのんびり湯につかっていました。兄は脂気が少ないせいか、入浴回数が少ない割には皮膚は汚れていませんでしたが。

読書体験を積み重ねるにつれ、兄は、理想主義・人道主義で知られる白樺派の代表作家志賀直哉先生の作品に深く傾倒するようになっていきました。創作者の態度や技術のようなものもそこから学ぶようになっていったのです。少し後になると、志賀直哉先生に直接作品を送って批評を求めるようにもなります。ただ、その場合も生の原稿をそのまま送付するようなことはせず、どこかに発表したものを活字の形で送っていたようです。

先生からは時おり返書が届き、兄の小説への感想や批評なども含まれていましたが、当然のことながら、それらの多くは概して厳しいものでした。その点は兄もある程度覚悟していたとみえ、それを励みにますます深く、〝小説の神様〟志賀直哉先生の作品を学ぶ努力を続けていったようです。

この前後から兄は、聖書も読み込むようになっています。これは、慶義《けいぎ》伯父がキリスト教徒で、小樽の教会の役員などもしており、わが家を訪れた際などに熱心にその教義を説いてくれたりしたことがきっかけになっています。

長姉チマは高等女学校を出ていますし、兄は高等商業に進学していますが、その背景には伯父の多大な経済的援助があり、当然ながら、長姉も兄も伯父には恩義を感じていました。直接的には、そうした事情が姉や兄を聖書に向かわせ、時には教会に足を運ばせる結果につながったのです。そこで歌う、異国情緒をたたえた清らかな讃美歌には、姉も兄も新鮮な感動を覚えたようです。

教会通いが重なるにつれてチマはキリスト教そのものへの信仰を深めていくようになり、兄は、知的ないしは文学的好奇心から聖書を積極的に読み込んでいくようになっていきました。

日曜日になると姉は必ず、兄も時間が許すかぎりは教会に出かけるという日々が一時期続きましたので、次姉ツギと私もそれにくっついていくようになりました。ただし、ツギと私は退屈しのぎの域を出ず、キリスト教の教義や聖書の神髄といったようなものとは何の関係もなく過ごしただけでした。

兄は、読むことと並行して書くことにも挑戦し、高商に入学した年に『小説倶楽部』に投稿した短編小説「祖母の遺言」は同誌の八月号で、「ある嫉妬は」は十二月号でそれぞれ選外佳作になっていますし、翌年の三月号では「龍介と乞食」、六月号では「正當不正當」がやはり選外佳作になったりしていました。

『小説倶楽部』が二年間で終刊になった後、兄は『文章倶楽部』や『新興文学』などに作品を送って腕を磨いていきました。そうした中の一つである「藪入」は、私に対する兄の思いがかなり率直に吐露されている短編で、どこかこそばゆさを感じながらも、私にとってはお気に入りの一作になっています。

外国語教育に熱心であった小樽高商では、二年生になると、英語のほかに第二外国語を選択する決まりになっています。ドイツ語、フランス語、ロシア語、中国語のうちからどれか一つを選ぶもので、兄はフランス語を選択しました。経済学や法律関係の勉強にはドイツ語を履修しておいたほうが便利らしくて、百九十名ほどの同期生の多くはドイツ語を希望し、フランス語の選択者は十数人に過ぎませんでした。文学の勉強にはフランス語のほうが役立つと兄は考えたのではないでしょうか。

二年次にはまた、兄は、高商の先輩である糸魚川《いといがわ》祐三郎教授が顧問を務める校友会誌の編集委員に選ばれました。同誌には毎年、二、三年生から二人ずつの委員が選ばれることになっていたのです。兄と同時に二年生から選出されたのは高浜年尾氏です。俳人として有名な高浜虚子の長男で、校内で俳句のグループをつくったり、校友会誌に俳句を発表したりしていました。

兄の入学と同時に教師として赴任した大熊信行教授と親しくさせてもらったのも二年生になってからでした。経済学が専門の先生なのですが、生活派の歌人としても知られており、まだ二十代で年齢も近かったせいか、兄はこの先生とはずいぶん懇意にさせていただいたふうでした。

兄は、授業の前後に教卓を挟んで文学論を交わすのみならず、自分の書いたものをよく大熊先生に渡して批評を乞うていました。このころの先生は、文学と決別して経済学に専念しようとしていた時期だそうですが、それまでに蓄積された文学的教養を兄のために惜しげもなく披歴してくださったと聞いています。

私どもの姉チマが、泰北《たいほく》銀行に勤務していた朝里《あさり》の佐藤藤吉のもとに嫁いだのも兄が二年生のときです。〝若竹小町〟と綽名されるほど美人の長姉は私どもきょうだいの数少ない自慢の種でしたが、貧乏な小林家としては願ってもなかなか得られない良縁で、両親はもちろん、兄もとても喜んでおりました。

後に兄も銀行員になりますが、もしかしたら、金融経済界の第一線で颯爽と立ち働く義兄の影響が多少はあったのかもしれません。

これはずっと後になってから知ることになるのですが、兄もその党員となった日本共産党が非合法下で創立されたのは姉が嫁いだのと同じ年の同じ月、つまり、一九二二年（大正十一年）七月でした。

ついでに書き添えておけば、翌八月には、小樽はそれまでの区制から市制に変更になっています。

首都圏を中心に甚大な被害をもたらした関東大震災が発生したのは、兄が三年次の九月一日です。時の権力が、未曽有の大混乱を利用して六千人以上の朝鮮人を虐殺し、社会主義者や無政府主義者に徹底的な弾圧を加えた事実はよく知られています。そうした社会状況と震災による物理的影響によって、兄も投稿した経験のある『新興文学』のほか、『文学世界』『種蒔く人』『解放』などの諸雑誌も休刊に追い込まれてしまいました。

小樽高商では、創立三年目の一九一三年（大正二年）以来、毎年秋に学生による外国語劇の発表会を開催し、小樽で人気の年中行事の一つになっていました。

関東大震災義捐と銘打たれた、兄が三年生の年の出し物は、英語劇はドリンクウォーターの「アブラハム・リンカーン」とダンセーニの「アギミニース王と無名戦士」の二本、ドイツ語劇はシラーの「ウイリアム・テル」、フランス語劇はメーテルリンクの「青い鳥」で、その他にロシア語劇と中国語劇も上演されました。

十一月十七日と十八日の二日間、雨天体操場を会場にして行われたその発表会に私はぜひ出かけてみたかったのですが、藪入りにしか休みをもらえない身であってみれば諦めるしかありませんでした。

兄は「青い鳥」の三幕目五場に山羊に扮して出演しただけでしたが、最終的にフランス語劇が一番人気を獲得したので兄はとても喜び、後に「或る役割」と題した小品をものしたほどでした。

兄の卒業論文の正式な題名は「見捨てられた人とパンの征服及びそれに対する附言」です。当初はストリンドベリーの研究を選んだらしいのですが、純文学という理由で担任教師に反対されてしまいました。商業の専門学校なのですから当然と言えば当然です。

それではということで兄は価値論に挑戦することにし、いろいろな文献に当たってみますが晦渋《かいじゅう》でなかなか理解できません。原書もほとんどがドイツ語なので、フランス語を選択した兄には分厚い壁となっていました。

思いあまった形の兄が、銀行論で知られ、交友会誌の編集顧問でもある糸魚川教授に相談したところ、兄の適性も考慮したらしい教授から、イギリスの劇作家アルフレッド・ストロの『見捨てられた人』という戯曲の翻訳と、ロシアの地理・生物学者でアナーキストのピョートル・クロポトキンの『パンの征服』第五章「食物」の翻訳に序文を添えたものではどうかとの助言があり、兄がそれを受け入れたのです。

卒論の執筆を通じて兄は、『パンの征服』は頭だけの単なる理論ではなく、人間が生きていくための具体的な政策であると捉えるに到り、クロポトキンの姿勢に共鳴するところ少なくなかったようでした。

第五章　出会い

北海道拓殖銀行（拓銀）は、一九〇〇年（明治三十三年）、資本金三百万円で北海道と樺太（サハリン）の植民地的開発を目的に設立された半官半民の特殊銀行です。本店は札幌に置かれ、翌年、小樽支店が開設されました。

開墾費用や商工業費用の資金供給など、大資本や大地主への融資が事業の中心ですが、一部で一般銀行業務も実施していました。

一九二四年（大正十三年）の三月に小樽高商を卒業した兄多喜二は、この年から資本金が二千万円に膨張した拓銀に採用され、最初は札幌本店の総務部に配属されました。

そこで一ヵ月半ほど銀行員として必要な講習を受けた後、四月十八日から小樽支店勤務となり、銀行や大商店の並ぶビル街の一画を占める色内町の勤務先に自宅から列車で通い始めました。

最初の二ヵ月間は計算係として計算と出納の実習を身につけ、その後、為替係にまわされました。そこは、各支店や取引先との送金支払い業務に従事する部署で、男女六人の同僚がいました。

持ち前のきれいな文字で、仕事をてきぱきと正確にこなす兄は同僚に好かれ、真面目な性格は上司にも好印象を与えたようです。

拓銀で兄が初めてもらった月給は七十円でした。中学校教員の初任給が四十円前後の頃ですからかなりの高給取りと言えます。

ところがなんと、兄は最初の給料をもらったその日のうちに、初月給の半分を割いて私のために一丁の古いバイオリンを買って来てくれました。両親はびっくりし、子ども達は好奇心に駆られましたが、苦情めいた感想をもらした者は誰もいませんでした。

私がもともと音楽好きなこと、父が私のためにバイオリンを購入しようとしたものの高額なため断念したことなどは前に述べたとおりです。

振り返れば、兄が高商の学生であったころ、兄と一緒に水産学校の先生の弾くバイオリンを聞く機会がありました。水産学校の学校祭の日であったように記憶しています。興味津々の私は熱心に先生の演奏を観察し、知らず知らずのうちに自分の指を動かしたりして

いたのですが、それが気になったのかどうか、その先生が、

「ちょっと弾いてみるか」

と言って私にバイオリンを貸してくれました。

私が、咄嗟の思いつきで恐る恐る「サクラ、サクラ」を奏でてみると、ところどころ音ははずれましたが、一応ひとつの曲にはなっていました。

「バイオリンは初めてかね？」

「はい」

おどおどしながら、私は先生の問いに小さく答えました。

「正式に練習してみたらどうかね」

「はあ」

私の返答はあいまいにならざるを得ませんでした。そんなことは一度たりとも考えてことがありませんし、かりに希望したとしても、わが家の経済状態を顧みれば到底実現しそうにはなかったのです。

その場はそれで終わり、兄は先生に対する謝辞のほかはまったく口にしませんでしたので、私にとってもその場面は淡い思い出の一齣《ひとこま》に過ぎないものになっていました。

しかし、兄はそうした過去もきちんと自分の胸に収めていて、初給料で私のためにバイオリンを買ってくれたのだと私は確信しています。

兄からプレゼントされたバイオリンは、フルサイズと言われる4／4よりは一回り小ぶりの3／4型で、特別な装飾などもない簡素なものでしたが、私にとっては生涯の宝物となりました。

というのも、兄はそのとき、私のためにバイオリンの先生を見つけ、私が定期的に練習に行けるよう段取りもつけてくれていたのです。私の最初の師匠は、小樽市立女学校で音楽教師を務めていた中川則夫先生で、私が初めて先生のもとに稽古に通うことになった日には母が赤飯を炊き、家族皆で祝ってくれたものでした。

私は今バイオリンを弾いて身を立てていますが、その出発点は、紛れもなく、兄が最初の俸給の半分を惜しげもなくはたいてくれた中古のバイオリンにあったのです。

拓銀のような大銀行に職を得る者が小林の家から出るなどとは私の家族は誰ひとり予想していませんでしたので、兄の就職は私ども家族にとっては大変な朗報でした。とくに父親が喜び、読書好きで普段は口数の少ない父なのに、この件に関してはみずから隣近所に自慢してあるくという状態でした。

兄は、拓銀に入ると同時に家に電話を引いていましたので、父はその電話も使って息子の拓銀就職を自慢しました。もっとも、当時小樽で電話を設置していたのは三千戸程度、それも大地主や上流階級の家庭がほとんどでしたので、父が電話をかけられるのはごく限られていたようではありますが。

せっかくの息子自慢でしたが、残念ながらそれはわずか四ヵ月で終わりを迎えてしまいました。八月に、小樽病院で受けた脱腸の手術の術後の経過が悪くて、父は病院からそのまま彼岸に旅立ってしまったのです。六十歳でした。

突然のことで、知らせを受けた私が仕事先から駆けつけた時にはもう臨終間近の段階でした。その時の私は、たまたま慶義伯父の次男が苫小牧で開いていたパン屋の手伝いにいっていたのです。

私はもちろん、長姉のチマも次姉のツギも涙にくれましたが、兄はほとんど泣きじゃくっている感じでした。母を別にすれば、兄の哀しみが一番大きかったのかもしれません。

慶義伯父の力なども借りながら葬儀はきちんと済ませましたが、父の死にともなって兄が自動的に戸主、つまり、家族全員に責任を負う立場になりました。しかし、自分は銀行勤めですので、家業のパン屋に専念することはできません。そこで、私が自宅に戻ることが、伯父も含めた家族会議で決まりました。私が、それまで父のやっていた仕事を引き受けることになったのです。

前に述べましたように、わが家では、パンの売り上げだけでは間に合わないので大福餅も店頭に出していました。しかし、そのためには毎日餅をひと臼《うす》搗《つ》かねばなりません。本来であればそれは当然私の役目になるのですが、兄は決して私にそれを許しませんでした。

兄は、

「三吾の手はバイオリンを弾く手だ、重い杵《きね》を振り回していたのでは勘が狂ってしまい、いい音を出せなくなってしまう」

と家族の前で宣言したのでした。

身長は一五五センチ程度と小柄ながら、足腰はしっかりしており、腕の筋肉も丈夫で、餅搗きには何の苦労もなさそうに見える兄です。

毎朝、家を出る前の兄がちょうど餅を搗き終わったころ、機関車の汽笛が聞こえ、間もなく築港駅に列車が入ってきました。

兄はそれに合わせて汗を拭き、ワイシャツに着替え、背広を羽織って家から飛び出していきます。兄が構内を横切って列車に飛び乗るのを待っていたかのようなタイミングで手宮線の機関車は出発の汽笛を鳴らし、わが家のすぐ側を通って小樽の中心地に向かいました。兄は、二つ先の色内駅で降りるのです。

デッキに立ったままの兄は、姿が見えなくなるまで、笑顔で私に手を振ってくれていたものでした。

話は前後しますが、兄が小樽支店に勤務するようになったその月に、兄の主宰する同人雑誌『クラルテ』の第一集が発行されていました。これは、小樽商業時代の回覧誌『素描』の親しい仲間たちが、就職、転勤、帰省などで、ちょうどまた小樽に集まる形になったのが直接のきっかけになったものです。兄のほかに島田正策、斎藤次郎、片岡亮一、蒔田栄一といった皆さんなど九人が加わっていました。

『クラルテ』を発刊した兄には、仲間の再結集という目的のほかにもうひとつ別の意図がありました。それは、前年の九月、関東大震災のなかで休刊に追い込まれた『種蒔く人』の灯を小樽で受け継ぐことでした。『種蒔く人』はもともと秋田市で創刊された雑誌なので、もしかしたら兄には自分の生まれ故郷である秋田県への思いもあったのかもしれません。光を意味するクラルテは、創刊者の一人で、秋田市出身の小牧近江《おうみ》がフランス留学中に参加した国際的な反戦平和運動でした。

兄たちの『クラルテ』の第二集が出る一ヵ月ほど前、一九二四年（大正十三年）の六月に、『種蒔く人』の後継誌である『文芸戦線』が東京で創刊され、十二月には日本プロレタリア文芸同盟が成立しました。大震災後二年を過ぎたころですが、これは日本で最初の文学、芸術の統一組織となったものでした。

そうした中央の動きを横目にみながら兄は銀行員としての仕事を毎日きちんとこなしていきました。率直で飾り気のない性格のうえ人当たりもわるくない兄でしたので、同僚たちとも自然に馴染み、仕事仲間との会合にも快く出て、あまり強くもない酒を口にしたりもしていました。

そんな関係で、休み時間に本を読んだりちょっと原稿を書いたりしても誰にも咎《とが》めだてされるようなことはなく、時には女子行員が清書を手伝ってくれたりしました。

勤務時間が終わると、兄は『クラルテ』の同人たちとよく落ち合い、遅くまで文学や芸術談義に打ち込んでいました。十時四十分の終列車に乗ることにしていたのですが、しょっちゅうそれに遅れてしまい、一里の夜道を歩いて帰ることもしばしばでした。ただ、どんなに遅く帰宅しても、翌朝の、私を慮《おもんぱか》っての餅搗きを欠かしたことは一度もありませんでした。

兄が田仲タエちゃんと初めて出会ったのは、父が他界した年の十月の最初の日です。『クラルテ』の仲間たちに誘われ、人生探求的な好奇心から街に繰り出した折で、場所は、入舟町《いりふねちょう》にあるヤマキ屋という名の小料理屋ふうの店で、小樽では「ソバ屋」と通称されていました。タエちゃんはそこで働く美人で評判の酌婦だったのです。私より一歳年長のタエちゃん十七歳、兄は二十二歳でした。

兄が「タエちゃん」と呼ぶのにならってわが家の全員が「タエちゃん」と呼び慣わしていた田仲タエは小樽市郊外の生まれです。父親は、タエちゃんの生まれ育った海岸町で屋台の蕎麦《そば》を売り歩いて大勢の家族を養っていました。タエちゃんを筆頭に八人の子どもがいました。

タエちゃんが十五歳の暮れ、父親は新たに始めた商売に失敗してしまい、吹雪の日に夜逃げをして函館の近くに住む親戚を頼ります。しかし、そこでも生活の道は立たず、家族十人はどん底の生活から抜け出すことができません。タエちゃんが、何も知らないまま室蘭の銘酒屋に売られて行ったのは、年明け間もない一月の末で、それから程もなく、タエちゃんは客を取らされるようになりました。

娘を売ったわずかばかりの金で田仲一家は函館から小樽の場末の長屋に移り、父親が日雇いに出て残った家族の糊口をしのぎました。しかしそれも長くはもたず、同じ年の十二月、心身ともに疲れ切った父親は、若竹町のわが家のすぐ近くの踏切で鉄道自殺をしてしまいました。

葬儀の場に集まった親族が相談の結果、タエちゃんの幼い四人の弟妹たちはそれぞれ他家へ貰われていき、長男、次女、五女の三人の子どもが母親と一緒に暮らすことになりましたが、収入の道を断たれた母親は、程も経ず日雇い労働者と再婚しました。

この母親が秋田県の出身で、私の兄は、自分たち家族と同じ故郷をもつこの母親に親近感を抱き、それが後にタエちゃんへの愛情の深まりにもつながったのかもしれません。

そのタエちゃんが室蘭から小樽入舟町のヤマキ屋へ転売されてきたのは、父親の死後四カ月目のことで、それから半年ばかりを経て私の兄と初めて出会ったといういきさつになります。

兄は、初めて訪れた日から四日間連続してヤマキ屋に足を運びました。タエちゃんの第一印象がよほど強かったのでしょう。

客のなかには、店に来てそのまま馴染の酌婦と一緒に奥に入って行く男性も少なくなかったようですが、兄は店先のテーブルに座ったままです。

あまり飲めもしない銚子を一本取って長時間ねばり、タエちゃんの境遇を少しずつ聴き出していったのです。最初は警戒していたらしいタエちゃんも、真実親身な兄に心を開いて、問わず語りに自分の過去を話してくれたのです。

最初の四日間の後も兄は、仕事の帰りなどに適宜ヤマキ屋に立ち寄り、タエちゃんと気持ちを通わせていきましたが、その間に、慌ただしく上京して東京商科大学（現在の一橋大学）を受験しています。向学心旺盛な兄ですから、きっと、もっと勉強したかったのでしょう。本格的に小説を書くには東京に出る必要があるという判断もあったのかもしれません。

しかし、結果は不合格で、母宛に「オチタアンシンスレ」と電報を打っています。合格した場合の学資や生活費を考えると、不合格という結果に兄もどこか安心したのだろうと想像されます。

気持ちの吹っ切れた兄は、銀行の業務に今まで以上に熱心に取り組むとともに、それまでにも増して小説に熱をあげるようになりました。茶の間の隅っこに置いた小机に向かって、夜遅くまで無我夢中でペンを走らせていました。単に受験のためとはいえ、初めての上京が刺戟になったのでしょうか。将来、東京に出て小説を書きたいという思いもきざし始めていたようです。

狭い家なので、傍らで私がバイオリンの練習をしたりすることもあるのですが、兄はそれにはまったく無頓着でした。うるさいといって叱られた記憶は一度もないのです。それだけ兄は自分の書くものに集中していたのでしょう。何でも、これと定めたことにはわき目も振らずに取り組むというのが兄の性格です。

そうした一面は、タエちゃんを現在の境遇から救い出すという点でもいかんなく発揮されました。

タエちゃんを救うには身請けするしか方法がないと結論づけた兄は、知り合って九ヵ月目にはもう身請けの具体策を講じ、それを実行していきます。

その年、つまり一九二五年（大正十四年）の暮れ、兄は母に願い出て、ボーナスの二百円全額をタエちゃん救出のために使用する許可をもらいました。しかし、それは身請けに必要な額の半分にも達しません。兄は文学仲間の島田正策さんに借金を乞い、ここでも二百円を用立ててもらいました。タエちゃん自身が日々の生活を切り詰めて五十円近く貯金していましたので、それら全部を合わせてようやくタエちゃんをヤマキ屋から救い出すことに成功したのでした。

タエちゃんは義父の家に引き取られましたが、相変わらず貧しい生活を強いられている義父にふたたび売り飛ばされる心配があります。それを危惧した兄は、小樽市内の山の手に一部屋を借りてタエちゃんをそこに住まわせます。とは言っても、当時八十八円の月給取りに過ぎなかった兄にとってそれは大きな経済的な負担になりました。島田さんからの借金も返していかねばならないのです。

事情を察した母が、タエちゃんを若竹町の自宅に呼び寄せるよう勧め、兄はそれに従いました。わが家では、前の年の九月に家の中を改造し、四畳半の中二階をつくって兄の仕事部屋にあてていました。天井の低い部屋で、海に面して窓が開け、広い操車場がひと目で見渡せます。ときどき機関車の煤煙が侵入してきたりする粗末な一室でしたが、タエちゃんをそこに住まわせることにしたのです。

タエちゃんが実際に越して来たのは十月の半ばで、その日の夕食は母の炊いた赤飯でした。

卓袱台《ちゃぶだい》を囲み、兄の指示に従って兄の隣に座ったタエちゃんはその赤飯を見て涙ぐみました。母がさりげなく理由を問うと、自分はこれまで赤飯で祝ってもらったことなど一度もないと哀しげな声で言いました。私は、タエちゃんの過去がいかに辛いものであったか悟らされた思いでした。

私たちはできるだけ快活に振る舞って歓迎の意を表しました。私たちの気持ちを理解してくれたようで、最初は涙を見せていたタエちゃんもその後は私たちの言動に合わせてくれました。

目鼻立ちの整った色白の美人ですし、率直で気持ちのさっぱりした女性です。いかがわしい料理屋勤めをしていたとは到底思えません。私は、この人が兄のお嫁さんになり私の義理の姉になるのだとすぐその場で思い込んだものでした。

ちょうどよい年恰好の若い男女が同じ屋根の下にいるわけですから、私は、明日にも兄がタエちゃんというその女性と結婚するだろうと速了していました。私だけでなく、母も二人の姉も妹もそれが当然という雰囲気でタエちゃんに接していました。

まもなく私の母はタエちゃんの母親とも親しくなり、双方が息子と娘の結婚の準備について思いを巡らし始めた様子でした。

しかし、兄の考えは違っていました。タエちゃんにはもう少し教養をつけてもらってから結婚したいと言い、現に、石川啄木の歌を教えて暗唱させたりなどしたのです。相手もそれを喜んでいる趣きがありましたので、勉強はどんどん進んでいくようでした。タエちゃんはもともと知的な女性であったのです。ふだんはあまり口数が多くなく、静かでものやわらかな印象でしたが、芯は強い女性でした。

タエちゃんを自宅に引き取ることで兄にはこれまでとはまた違った張り合いが出てきたらしく、創作活動にさらに励むとともに、一方では、それまで原稿帳に書き留めてあった作品の一つ一つに綿密な改作の筆もとっていきました。「折々帳」と題したノートを用意して日記を書き始めたのもこのころのことです。

ところが、タエちゃんがわが家に来てちょうど一ヵ月ほど経った十一月十一日、誰にも行き先を告げずに突然姿を消しました。小樽ではもう氷雨の降る頃おいでした。

毎朝誰よりも早く起きてストーブを焚き付けるのがタエちゃんの役目でした。もともと母がやっていたのですが、タエちゃんのたっての願いでそうなっていたのです。ところが、その日は母が起き出していってもストーブに火の気がありません。台所にも店先にもタエちゃんの姿はないのです。

不思議に思った母が中二階のタエちゃんの部屋を覗いてみると、布団も何も綺麗に片づけられ、窓の側の立て鏡の前に、兄宛の紙切れが置いてあります。

母があわてて兄を呼び、その紙片を見て、兄はタエちゃんが家出したことを知りました。兄は、朝食も摂らずに直ちにタエちゃんの母の家に駆けつけました。母親のもとに帰ったに違いないと推測したのでしょう。しかし、タエちゃんの姿はそこにはなく、その後、心当たりのあるところをことごとく探し回り、当てずっぽう気味に方々に電話もしましたがどうしても見つかりません。

タエちゃんの書き置きには、兄の小説の勉強や東京行きの邪魔になるから身を引くという趣旨のことが述べられ、母や私どもきょうだいへの詫びが続いています。もちろん、今後どこでどうするというようなことは一切書かれていませんでした。

兄は、銀行がひけると、毎晩、タエちゃんの母や朝里に住む長姉チマ夫婦のもとを訪ねたりして善後策を相談しますが、すぐにはよい知恵も浮かびません。時おり涙顔になるほど哀しみに打ちひしがれていた兄は、タエちゃんの自殺を一番心配していました。タエちゃんの父親が鉄道自殺をした事実が頭にあったのです。兄はまた、タエちゃんが再び苦界に身を投じてしまうのではないかということをひどく危惧していました。女ひとりではそう簡単に生きてはいかれない世の中だと判断していたようです。

タエちゃんの居場所が判明したのは、姿が見えなくなってからちょうど一週間目でした。

その夜遅く、兄が、

「タエちゃんは無事だ！」

と叫びながら玄関に飛び込んで来ました。

兄の説明によれば、タエちゃんは、市内の小野病院というところで住み込みで働いていたのです。掃除したり洗濯したりの下働きです。

タエちゃんの無事を兄は大変喜び、私たち家族もひと安心したのですが、兄のたびたびの説得にもかかわらず、タエちゃんは小林家に戻ることを肯《がえん》じませんでした。他人の好意にこれ以上を甘えることは許されないし、自分で自活の道をしっかり確立しなければならないと覚悟を決めたふうでした。一度謝罪にわが家を訪れたものの、タエちゃんはまたすぐ病院に戻ってしまいました。

タエちゃんの意志の堅いことを理解した兄は、それ以上の無理強いは避け、本人の気持ちを尊重する決断をしましたので、タエちゃんがわが家で暮らすことは二度とありませんでした。

タエちゃんの〝家出〟は一時的にかなりの混乱を兄にもたらしましたが、一連の経過を通じて、タエちゃんに対する兄の気持ちはきちんと確立されていったようです。つまり、いろいろな意味で、困っている女性を救ってやりたいというのがそれまでの兄の中心的な感情でしたが、この〝事件〟を閲《けみ》して、兄は田仲タエを正面から女性として見るようにな

り、時期ははっきりしないが、いずれは自分の伴侶にとこころに決めたのです。兄が母に対して、

「母さん、そのうちタエちゃんをかならずおれの嫁にもらうよ」

と、話したのを私は今でもしっかり記憶しています。

その後、兄は時どきタエちゃんに連絡して、二人で公園を散歩したり寿司を食べに行ったり、たまには映画を観賞したりと、普通の恋人同士のようなつきあい方をしていました。二人の結婚もそんなに遠い先ではないだろうと、私も半分は期待、半分は冷やかしの気分で眺めていたものでした。

タエちゃん救出とその後の家出騒動への対応など、何かとあわただしかったこの時期も、エネルギーのかたまりのような兄の文学活動は読書と執筆活動の両面で精力的に展開されていました。

読書の方では、葉山嘉樹の作品を集中して読んでおり、なかでも『淫売婦』に大変感銘を受けた模様です。

創作では、「彼の経験」「赤い部屋」、「龍介の経験」とその改作である「And Again!?」、「曖昧屋」とやはりその改作の「酌婦」、「人を殺す犬」などがその主なものです。毎月高給を

得てともすれば安楽に陥りがちな銀行員の生活態度を反省し、ノート稿を中心に刻苦の努力を始めた時期と言ってよいかと思います。

第六章　失　踪

北海道で最初のメーデーが行われたのは一九二六年（大正十五年）の五月一日です。小樽と函館で労働者の行進と集会が催されたほか、札幌、室蘭、旭川、釧路で記念の集会がもたれました。

小樽では、参加者一人ひとりが警察官による身体検査を受けながらも、市の北部に位置する手宮公園には、港湾で働く人々を中心に二千人もの労働者や市民が参集して予想以上の盛り上がりとなりました。

私の兄はこの集会には参加しませんでしたが、この前後から全道的に知られるようになっていった磯野争議には積極的に関わっていくことになりました。

北海道のほぼ中央に位置する空知《そらち》郡下富良野《しもふらの》村の磯野農場は、約二百五十町歩（二五〇ヘクタール）の広さで、小作人の戸数は四十八戸、家族を合わせて二百人ほどの、北海道では中規模の農場でした。小樽市に居住する地主の磯野進は北海道でも有数の実業家で、小樽商業会議所の会頭を務め、兄が勤務する拓殖銀行の大株主の一人でもありました。

磯野の争議も他の小作争議同様、最初は小作料をめぐる争いでした。それがなかなか解決しなかったのは、地主の求める小作料が相場よりはるかに高く、小作人たちが徹底的に抵抗したのみならず、農民団体や労働団体が全面的にそれを支援したからです。

日本農民組合（日農）はすでに一九二二年（大正十一年）に設立されており、その北海道連合会（日農北連）も三年後にスタートして、富良野にもその支部ができていました。

他方、日農北連が結成されたのと同じ年には小樽総労働組合が創立され、それらの団体が積極的に小作人側の応援にまわりました。つまり、労農共闘が実現したのです。

強硬路線を突っ走る磯野側は最終的には法廷闘争に持ち込み、その裁判は地主の居住する小樽で行われましたので、小樽市民の耳目は好むと好まざるとにかかわらず、磯野争議に向けられていきました。磯野争議団はそろいの赤襷《あかだすき》をつけていましたので、そういう意味でも大いに市民の目を引いたのでした。

この争議は、最終的には小作人側の勝利という形で落着きましたので、積極的に支援した兄も自信めいたものを得た気配でした。

兄は秋田県北部の貧農の生まれですが、そこで過ごしたのは四歳までで、農作業の具体的な経験は有していません。移り住んだ小樽は、北海道でも有数の都会の一つですから、兄は、どちらかに分類するとすれば都会っ子と言ってよいと私は判断しています。

また、兄は高等教育を受けたインテリ層に属し、拓銀という大銀行に就職したエリートでもあります。兄の初任給は七十円、二年目八十五円、三年目八十八円、四年目九十二円といった具合で、かなりの高給取りでもあります。中学校教師の初任給が四十円程度の時代の話なのです。

月給をみればエリートと評してよい兄ですが、弱いもの、小さいものに対する愛情は生来ひと一倍強く、それに反比例する形で、強大な権力や抑圧者に対しては徹底的に抗するという趣きが顕著でした。

そうした性向が、売春婦に近い扱いを受けていた酌婦田仲タエの救出に兄を向かわせ、磯野争議では小作人側に立たせるという行動につながっていくのです。

一九二七年（昭和二年）の三月十四日の夜、兄は、地主糾弾を目的として日農北海道連合会や労働農民党小樽支部等が共催した演説会を聴きに出かけていますが、その時の模様を、兄の日記帳といえる「折々帳」に次のように記しています。

磯野進の小作争議の演説を聞こうとして行ってみたところ、何十人という巡査が表に居り、入場を拒絶している。外では沢山の人達が立ち去りもしないで、興奮し、官憲とブルジョワの横暴をならしていた。一労働者のようなものゝ口から「搾取」などという言葉が常識のように出ていた。時代が進んだことを思った。皆目覚めているのだ。自分も興奮して帰った。

演説会から間もなく、兄は、北海タイムス小樽支社に勤務していた寺田行雄氏の紹介で、争議の中心的指導者の一人であった竹内清氏とひそかに会いますが、拓銀で収集できる磯野側の情報を提供するよう要請され、その役目を引き受けています。銀行員が内部の情報を外に漏らすというのは法令に触れる可能性がありますから、兄はそれなりの覚悟をこの時もったのではないでしょうか。

この時期、兄は小樽高商で同期生であった乗富《のりとみ》道夫さんの消息にも接しています。

高商卒業後、安田銀行の函館支店に勤務した乗富氏は組合運動に熱心に取り組み、労働農民党の党員にもなっていました。乗富氏の勤務している函館支店はソビエト国営トラスト函館支社との取引きもあって、氏は北洋漁業に深い関心をもち、北洋漁業問題の調査研究で知られるようになっていました。蟹工船で起きた漁夫や雑役夫の虐待事件などが乗富氏の努力によって次第に大きく報道されるようになってきていたのです。

それから数ヵ月後、兄は寺田行雄氏や古川友一《こかわともいち》氏といった優れた理論家が主要なメンバーになっている小樽社会科学研究会に参加しています。ここは小樽の労働者や農民運動家もいれば、小樽高商生も勉強に来る、理論と実践を追及する研究会で、そのときの兄が必要としていたものを満たしてくれたようでした。

私の兄が講演というものを初めて経験したのは、「折々帳」に記されている演説会より一週間ほど前の三月六日でした。場所は余市実家女学校で、演題は「ノラとモダンガールに就いて」です。イプセンの『人形の家』の主人公を紹介しながら、これからの女性の生き方について、二十四歳の兄が熱っぽく語ったようでした。もしかしたら、兄は頭の中でタエちゃんのこれからの人生をノラに重ね合わせていたのかもしれません。

この講演は自分でも満足であったようで、当日帰宅してからはもちろん、その後数日にわたって、講演時の様子を、兄にしては珍しく多少得意げに語ってくれたものでした。

そうした兄の高揚した気分に水を差したのは私の不始末でした。

その日も、私は夕食後の日課としていたバイオリンの練習を始めたのですが、弾き始めてすぐ、四本の弦のうち上から二番目の高い音域を受け持つA線《アー》が微妙に狂っていることに気づきました。ペグ（糸巻き）を調節すれば簡単に直るのですが、私は横着をしてそのまま練習曲を引き続けました。三月といっても小樽ではまだ寒さが抜けきらず、その日の私はたまたま風邪ぎみでもあったのです。

「三吾、高い方の音がちょっとおかしくないか」

滅多になく早く帰宅し、夕食も家族と一緒に済ませて読書していた兄が、分厚い書籍から眼を離さずに言いました。

「うん、おかしいけど、本番であればちゃんとやるから大丈夫だよ」

私は、十日ほど後の日程をチラと頭に思い浮かべながら声だけで兄に応じました。私には自信があったのです。

「三吾、ちょっと待て」

兄が視線を書物から私に向けました。いつになく鋭く光っています。私は思わず右手に持った弓の動きを止めました。

「練習できちんとできなくて、本番でどうしてちゃんとした演奏ができるんだ。そんないい加減な気持ちなら、バイオリンなんかもうやめてしまえっ！」

兄が語気鋭く言い放ちました。

一瞬、私の心は凍りつきました。幼い頃から、私は兄に叱られたことなど一度もなく、何をしても許してもらえる兄だと無意識のうちに信じ込んでいたのです。

私がおどおど横目をつかうと、兄は、何事もなかったかのようにふたたび読書に集中し始めました。

私はこそこそした気分で調弦し直し、その後は、いつもより少し音量を小さめにして、あらためて練習曲を最初から最後まで丁寧に弾き直しました。

兄はあとは何も言わず、自分の仕事に没頭していましたが、私が兄に叱られたのはこの時ただ一度だけなので、今でも鮮明に記憶に残っています。

将来バイオリンで身を立てようと決めている場合は、遅くても五歳、早ければ三歳前後にはもう練習を開始しているのが普通です。私が初めてバイオリンを手にしたのは十五歳になった年ですから出発はきわめて遅く、その分、稽古には他人の何倍も精を出さねばならないと悟らされた次第でもありました。

兄がノラの講演をした二ヵ月後、東京の著名な雑誌社主催の文芸講演会が小樽で開催され、芥川龍之介と里見弴の二人が講師として来樽しました。日中の講演会の後、夜は二人を囲んで懇親会も開かれ、兄は両方に参加しました。

参会者の多くは今を時めく芥川と接触したがりましたが、兄は里見弴とばかり話をしていました。というのも、里見弴は、当時の文壇に一大潮流をなしていた白樺派に属しており、その派の代表格が志賀直哉であったからです。里見弴に関心がなかったわけではないのでしょうが、里見を通して志賀直哉を知るというのが兄の本来の目的であったようです。兄は生涯、志賀直哉先生の人と文学を敬愛していました。

芥川龍之介や里見弴との接触が火をつけたのでしょうか、兄はその頃から、本格的に小説の勉強をするためにはやはり東京に出なくてはと思案し始めたようです。現に、それから間もなく、文通相手の新井紀一氏に頼んで東京での就職口を探してもらっています。拓銀を辞めてまで上京したいと考えた様子ですから、本気度はかなりのものであったと推測されます。

ただし、新井氏からは、いろいろ当たってみたけれどうまくいかなかった、という返事が届いて、結局この話は実現しませんでした。

私が初めて人前でバイオリンを弾いたのは文芸講演会の一週間あまり後の夜です。私の習っている先生のもとで練習している生徒たちの合同発表会が行われたのです。

母は、その場にいたのではきっと胸がつぶれそうになるから、と言って自宅で待機していましたが、兄、次姉、妹のほか、佐藤家に嫁いでいる長姉がその夫とともに聴きに来てくれました。聴衆は全部で二百人ほどでしたが、兄が声をかけてくれたそうで、拓銀の職員も何人かその中に混じっていたということを後日知りました。

私の出番は、出演者十人のうちの三番目で、弾いた曲も十五分ほどの短いものでした。ただ、練習曲としては高度のものとされており、私も少なからず緊張しました。間違えたと言うほどのところはありませんでしたが、私の思いどおりに弾けたというわけでもありません。私としては、どうにかこうにか〝初舞台〟を終えることができてとにかくホッとしたというのが正直な気持ちでした。

ところが、兄は、帰宅するやいなや母に、

「三吾の演奏は実にすばらしかった、ものすごい拍手だった。三吾には素質がある。東京に出して勉強させれば将来は一流のバイオリニストになれる」

と報告しました。

私はいささか面映ゆかったのですが、兄は真実そう思っているらしく、いつになく饒舌で、家中を喜びで満たしてくれました。

私は今東京交響楽団で第一バイオリンを担当していますが、その出発点は間違いなくその日にあったと信じており、そういう意味でも兄に深く感謝しています。

喜ばしい事柄が続いた日々が突如暗転したのは五月二十八日です。タエちゃんが、住み込みで働いていた小野病院から突然姿を消したのです。兄に宛てた手紙はありましたが、行き先については一切書かれていませんでした。

前日の二十七日、タエちゃんの方から電話があって二人はいつもの場所で落ち合いました。「蛇の目」という寿司屋で夕食を摂り、小樽公園をぶらぶらして、水天宮《すいてんぐう》にもお参りした後、兄は十時四十分の終列車で若竹町の自宅に帰りました。その折は、いつもと違ったところは何もなかったと兄は言っています。

タエちゃんが行方知れずになった当日、兄は涙を流しながら小野病院の近くの便利屋を尋ね回りました。荷物を全部持って出たと病院の雑用係から聞き、搬送のためにきっと周辺の便利屋を利用したに違いないと考えたのです。

しかし、兄の行動を予測したのかどうか、タエちゃんの荷物を取り扱った便利屋は病院の近辺には存在しません。兄は、私たち家族や親しい友人などにもタエちゃんの探索について助言を求めたりしましたが、兄が考えている以上の妙案はありません。

兄は、翌二十九日、三十日、三十一日と夜遅くまで市内の便利屋を一軒一軒探しあるいたり、あちこちの雇い入れ屋に問い合わせたりした結果、ついに六月一日、タエちゃんの荷物を取り扱った便利屋を見つけ出しました。

タエちゃんは、失踪当日に朝一番の列車で室蘭に向かったのです。室蘭はタエちゃんが初めて売られていった地であり、ある程度の土地勘があっただけでなく、働いていた店の若旦那に優しくされた思い出があったのでした。

兄は気づいていなかったふうですが、当時のタエちゃんは精神的に追い込まれた状況にあったようです。

というのも、タエちゃんの二度目の父親も相変わらずまともに仕事はせず、毎日飲んだくれていて、タエちゃんの妹を売るとか売らないとかの話が持ち上がっていました。母親の方は、妊娠中でしたが、生まれて来る子のための準備もろくにできない経済状態で、何かにつけてタエちゃんに無心しなければならない状況でした。

その一方で、タエちゃんの住み込んでいる小野病院は、いろいろ問題があって地域の評判も芳《かんば》しくありませんでした。タエちゃんとしては、家計のために我慢はしているものの、働き甲斐といったようなものはあまりなかったようです。

兄は時どきタエちゃんと会ってはいましたが、話題はいつも小説や芸術、それに演説会や講演会からさらにはタエちゃん自身の教養に関してといった具合で、タエちゃんの気持ちを慰めたり癒してくれたりするものはほとんどありませんでした。

「折々帳」などを読むと、兄が真実タエちゃんを愛しており、いずれかならず結婚しようと決意していたことはよく分かります。しかし、それと同時に、結婚するまでは絶対に相手に手を出してはいけないと硬く信じていたようで、それも二人の気持ちの行き違いを生んだようです。

タエちゃんとしては、苦界に身を置いた自分は兄のような知識人にはふさわしくないと卑下すると同時に、相手が自分に触れようとしないのは、やはり、自分の汚れた過去のせいだと思い込んでいたのです。

兄が小説の勉強のために東京に出たがっていることはタエちゃんも知っており、それが実現しないのは自分が原因だと解釈していたふしがあります。

そんなタエちゃんにとって、かつて自分に優しくしてくれた室蘭の若旦那がとりあえずの救いの神のように見えたとしてもそれなりに納得はできるのです。

急に硬い話題に戻って恐縮ですが、磯野小作争議の闘いを通じて、小樽合同労働組合の組織力は飛躍的に高まり、北海道の労働運動全体の指導的な勢力となっていきました。一九二七年（昭和二年）のメーデーには小樽だけで三千人の労働者が集い、集合地となった花園公園は、一般大衆も含めて一万人もの人出で賑わいました。

その翌月には、日本で最初の産業別ゼネストと言われている小樽港内の運輸労働者を中心とする大争議が勃発し、劣悪な条件で重労働を余儀なくされている六千人以上の港湾運輸労働者が参加しました。〝磯野争議を忘れるな〟の合言葉のもと、争議団員結束のための家族大会が開かれたり、全市三千人の小学校児童の同盟休校が実施されたりしました。

兄はこの争議に積極的に参加しました。争議の中心的な指導者である竹内清氏の依頼を受け、銀行の勤務が終わると同時にひそかに闘争本部に足を運んでビラや日報をつくる手伝いをしました。兄の書いた下書きを竹内氏が補正してくれたりする場合もあったと耳にしています。

農民や労働者との交流が深まるなかで、兄はこの年の八月に労農芸術家連盟に加入し、翌月には、要請されて理事に就任しました。

ただ、この団体は十一月に分裂して前衛芸術家同盟が組織されたため、兄もそちらに籍を移しています。

公私ともに忙しくしていた兄ですが、この時期も創作や改作には熱心に取り組みました。兄にしては珍しい戯曲『女囚徒』が『文芸戦線』十月号に掲載されたほか、田中タエをモデルにした小説『その出発を出発した女』の上編が書かれていますし、兄の代表作の一つである『防雪林』もこの時期に起筆されたものでした。

兄の活動が活発になるにつれて、時おり特高がぶらりとわが家を訪ねて来るようになりました。

たまたま私が店に出ている時に鳥打帽を被った三十年配の男が客として来店し、昼飯替わりだと言ってあんパンを購入したのが最初で、その後、その人物は警察の者だと名乗って兄の日程などを聞き取りました。

やがて、その男は部下を伴って二人連れで訪れるようになり、特高だと明かしたうえで兄宛の書簡の開示などを私たち家族に求めました。

兄は、そうした事態の到来をあらかじめ予期していたらしく、書簡や書籍類の管理などについてはそれなりに気を配っているふうでしたし、外部に見せてもよいものとよくないものとの区別をある程度私たちに示してもいましたので、警察沙汰に発展するような事態は起こりませんでした。

それより何より、兄は私たち家族全体の誇りであり、兄のすることには全幅の信頼を置いていていましたから、相手が特高だからといって特に恐れたり萎縮したりすることもありませんでした。労農関係のいろいろなところに出入りしているといっても、兄の生涯を俯瞰すれば、この当時の兄はまだ傍観者的な位置にあり、特別な〝危険思想〟の持ち主でも何でもなかったのです。

私のなかでは、警察関係であれ何であれ、パンを買ってくれるのであればそれはお客さんの一人という意識の方が強かったというのが率直なところでした。

第七章　特高の影

わが国で最初の男子普通選挙法による衆議院選挙が実施されたのは一九二八年（昭和三年）の二月二十日です。

これは、三年前に制定されていた治安維持法とセットにして語られる場合が少なくありません。つまり、労働者や農民などの活動を抑える法制を整える代わりに、二十五歳以上の男子だけという制限つきではありますが、衆議院の議員を選ぶ選挙権を大衆に与えたというものです。

〝アメとムチ〟との捉え方が一般的で、私もその見解に異議はありません。漸《ようや》く高まりつつある大衆運動をこの二つで根本的に抑え込んでしまおうという意図が権力者の側にあったのだろうとの推測は的を射たものと私は理解しています。

日本で初めての総選挙には、政権与党の政友会と民政党に加え、各種無産政党も多数の候補者を立てました。二月一日に、ガリ版刷りながら中央機関紙「赤旗《せっき》」を発刊していた非合法の日本共産党は、労働農民党の四十人の立候補者のなかに、徳田球一、山本懸蔵らを候補者として送り込み、この選挙戦を通じて公然とした活動を展開しました。

北海道は五区に分かれ、小樽は札幌や倶知安《くっちゃん》とともに第一区とされました。定員四人で、山本懸蔵が労働農民党の代表として出馬したのです。山本を含めて十一人が立候補するという乱戦でした。

選挙戦に備えて小樽の労働団体が準備活動に入ると、芸術団体も山本候補の支援を表明し、私の兄は、前衛芸術家同盟を代表して参加することになりました。

一月三十一日の夜八時過ぎ、山本が小樽駅に到着しました。駅前には、旗や幟《のぼり》を押し立てた百人以上の労働者や農民が出迎えましたが、就職した年の冬に購入したオーバーコートに身を固めた兄もその中に混じっていました。

選挙期間中、兄は毎日、勤務が終わると同時に、色内町に下宿していた三浦強太氏のところにまず立ち寄りました、そこで洋服から着物に着替えるなどちょっとばかり息を整え、それから、稲穂町にある選挙事務所に足を運んで、ビラやポスター作り、会計の事務などを手伝いました。拓銀の行員という関係上、表に出ることができないので裏方の仕事がほとんどでした。人手が足りなくて毎晩十二時頃まで事務所を離れられないため終列車にはとてものことに間に合わず、極寒のなか、一里の道のりを歩いて帰ってくるので、帰宅はいつも一時をまわっていました。

真夜中とあって私は熟睡していることが多かったのですが、母はその時になると必ず目覚めていたようです。選挙の応援そのものについては何も言わなかった母も、兄の健康状態についてはつねに心配していて、日中ポロリと胸の内を私にもらしたりすることもありました。

裏方の仕事がほとんどの兄が大衆の前に立ったのは選挙戦が始まって二週間目のことです。病気を理由に休暇を取り、鈴木源重らの応援演説隊に参加して、東倶知安の京極および脇方という地域で演壇に立ったのです。

もちろん、選挙の応援演説は兄にとって初めての経験でした。蝦夷《えぞ》富士と通称される羊蹄山《ようていざん》の裾野を、雪に埋まった鉄道線沿いに四里（十六キロ）も歩いて行ったそうで、私は、兄の演説内容に関しては詳《つまび》らかにしていませんが、行動そのものには兄の情熱を感じています。

関係者の努力にもかかわらず、選挙結果は芳しいものではありませんでした。投票総数八万二千九百二十票のうち、山本懸蔵候補が獲得したのは二千八百八十七票で、順位も十一人中九位にとどまりました。輸入候補という弱みに加え、体制側からの弾圧と逆宣伝が少なからずあったようですし、小樽合同労働組合内に分裂のきざしが見え始め、それが港湾労働者の広範な結集を妨げたという要因も小さくなかったと記録されています。

ただし、全国的に見ると革新勢力の進出はめざましいものがありました。労働農民党、日本労農党、社会民衆党などのいわゆる無産政党は合わせて四十八万票を獲得し、山本宣治など八人の当選者を出しました。

政党のなかでは、選挙闘争を日常活動と結びつけた共産党の活動がとくに活発であったようで、この期間に党員も党組織も大幅に拡大したと伝えられています。

左翼勢力のこうした躍進に脅威を抱いた田中義一内閣は、選挙戦のほとぼりがまだ残っている三月十五日に大弾圧を強行しました。当日午前四時を期し、全国の警察と検事局を総動員して、三千人以上の進歩的労働者、農民、知識人を逮捕、そのうち、四百八十八人を治安維持法違反で起訴したのです。

小樽では、まだ残雪の多い三月の十五日未明から二ヵ月にわたって大検挙が行われました。起訴された共産党関係者は十三人でしたが、五百人に及ぶ人々がこの間に逮捕、検束、召喚されました。

検挙された指導的な活動家は、警察で過酷な拷問を受けました。小樽警察署では、構内の署長官舎に拷問室を急造するとともに、毛布で窓を覆って防音装置とし、夜の十時ごろから翌日の明け方にかけて、毎晩一人ずつ、まったく意識不明の状態に陥るまでさまざまな拷問を繰り返しました。

四月十日には、労働農民党、小樽合同労働組合、無産青年同盟小樽支部が解散を命じられ、進歩的な組合員はほとんど現場から追放されました。

もちろん、兄と密接な関係をもっていた幾人かの同志も兄の周囲から突然姿を消していきました。組合の竹内清氏らは検挙され、研究会仲間の古川友一氏や寺田行雄氏なども逮捕されて、研究会も中止の已《や》むなきに到りました。

三月十五日の大弾圧はわが国の芸術界や文学界に大きな衝撃を与えました。細分化されていた各種団体の間で一気に大同団結の機運が高まり、二十五日には全日本無産者芸術連盟（ナップ）が設立されて、五月には機関紙『戦旗』が創刊されました。『種蒔く人』の流れをくむ労農芸術家連盟（労芸）の機関紙『文芸戦線』を凌ぐ一大勢力になったのです。

ナップに結集した主なメンバーは、前衛芸術家連盟（前芸）から蔵原惟人、林房雄、山田清三郎、佐々木孝丸、村山知義、杉本良吉、本庄陸男、日本プロレタリ芸術連盟（プロ芸）から中野重治、窪川鶴治郎、窪川（後の佐多）稲子、鹿地亘、左翼芸術同盟から坪井繁治、高見順、日本無産派文芸連盟から江口渙（本名は「きよし」、戦後「かん」と改める）、越中谷利一などの諸氏でした。

小樽でも、七、八人の少人数でしたが、前芸とプロ芸が合同してナップ小樽支部を組織しました。伊藤信二氏が文芸部、風間六三氏が美術部の責任者で、兄は書記になり、機関紙の配布を受け持ちました。

四月二十八日に東京本郷の基督教青年会館で開催されたナップの創立大会には、小樽支部から「タイカイハ　ワレラノイチリヅカダ」と祝電を寄せています。

兄が、ナップの機関紙として創刊されたばかりの『戦旗』五月号を手にしたのはちょうどその頃です。

日本人作家の手になる何編かの小説とともに、『前衛』に連載されたときから兄が愛読していた蔵原惟人訳のアレクサンドル・ファジェーエフの小説「壊滅」が続載されており、さらに、同じ蔵原氏の「プロレタリア・レアリズムへの道」と題した評論もこの号に発表されていました。プロレタリ文学にとって画期的な発展をもたらしたと言われるその文学論の中で蔵原氏は、「第一に、プロレタリア前衛の『眼をもって』世界を見ること、第二に、厳正なるレアリストの態度をもってそれを描くこと」を作家に要請していました。

兄は、自分より一歳年長のこの理論家に大きな刺戟を受けたらしく、時おり私たち家族に、蔵原という男はたいした人物だ、と洩らしていました。もっとも、この時期になると二人の姉はもう他家に嫁いでいましたし、妹も、三・一五事件の五日前に結婚していましたので、家族と言っても、一緒にいるのは兄と母と私の三人だけでした。母は読み書きができませんでしたし、私は小学校を出ただけなので、兄が心血を注いでいるらしい文学や思想方面への知識や理解力はほとんどありませんでした。

そうした状況に対して兄も内心では物足りなさのようなものを感じていたかも知れませんが、少なくとも表面的にはそのような素振りはまったく見せませんでした。家族やきょうだいにはいつも優しくて思いやりの深い兄だったのです。

三・一五の大弾圧の前後から、兄は、自分の勉強に関わる書籍や手紙などを大きな風呂敷に包んで押し入れの隅に隠しておくようになり、家族が勝手にそれに手を触れないように指示しました。子どもの頃から万事開けっぴろげの兄なので、当初、母や私は兄の真の意図を理解できませんでした。

特高が小林の家や勤務先の拓銀に出入りするようになっていましたので、兄としては、何かのときの被害を自分一人のところだけで食い止めたいと思ったのに違いありません。多少でも兄の思想や行動に関わりがあり、何がしかの情報に接していれば、かりに兄が検挙されたり逮捕されたりすれば、累は当然周囲の者にまで及ぶと覚悟せねばなりません。場合によっては拷問の可能性もあります。

そうした事態に、自分自身はさておき、家族だけは絶対にさらさせたくないという強固な意思が兄のなかに存在していたのだと私は受け止めています。

古川荘一郎のペンネームをもつ蔵原惟人氏の人物と思想について、当時も今も私は詳細を把握しておりません。ただ、話の都合上、一般的に知られていることだけをちょっとだけ記しておきます。

蔵原惟人氏の父は熊本県の出身で、反骨の代議士であると同時に教育者でもある蔵原維郭《これひろ》という人です。母しうは北里柴三郎の妹で、惟人は、二人の間の次男として、私の兄が生まれる前の年、つまり一九〇二年（明治三十五年）に東京で誕生しました。府立一中から東京外国語学校に進学してロシア語を学び、卒業後にロシアに留学しています。

帰国後の一九二六年（大正十五年）にプロレタリア芸術連盟に加入し、翌年のプロレタリ文学運動分裂の際には前衛芸術家同盟に所属しました。さらにその翌年、全日本無産者芸術連盟（ナップ）の結成に尽力し、機関紙『戦旗』で活躍するようになったのでした。

その蔵原惟人氏に会う目的で兄が上京したのは、三・一五事件から二ヵ月ほど経った五月中旬のことです。勤務先から十日間の休暇をもらって出かけたのです。東京には、その年の二月下旬、洋画修業のために上京した斎藤次郎さんがいましたし、蒔田栄一さんは府立一中で英語教師をしており、『クラルテ』の同人であった平沢哲夫さんも住んでいました。

中野区上町《かみちょう》の斎藤さんの下宿で旅装を解いた兄は、翌々日に、芝公園十二号四番地に住んでいた蔵原惟人氏のもとを訪ねました。文学や芸術一般について旧知の間柄のように懇談しましたが、兄は蔵原氏の高い見識や正鵠《せいこく》を射た論理に感心し、以後、二人は深い友情で結ばれるようになりました。このとき蔵原氏は二十六歳、まだ誕生日前の兄は二十四歳でした。

兄は小説の実作者としてこの後も作品を世に送り出し続けますが、その背後に蔵原氏の文学理論が見え隠れするという状況がこの日を起点に始まりました。後に、兄の文学は〝主人持ちの文学〟と揶揄《やゆ》されたりしますが、それは、蔵原氏と兄の関係を否定的な側面からしか見ないという結果に由来するのではないでしょうか。

それはさておき、東京滞在中、兄は小樽でのかつての仲間たちと旧交を温めたほか、林房雄氏や山田清三郎氏などにも面会して文学論を交わし、五月二十四日にあわただしく小樽に帰ってきたのでした。

兄が中編小説『一九二八年三月十五日』を書き起こしたのは帰樽した翌々日です。表題どおり、二ヵ月あまり前に発生したばかりの大弾圧を労働者や農民の側から小説化したもので、八月十七日に完成しています。事件発生から起筆までの間隔の短さ、短期間での集中的な執筆などから、兄が並々ならぬ決意でこの作品に取り組んだことがよく分かります。この事実はぜひ書き残しておかねばならないという思いが強かったのです。

兄がこの小説を擱筆《かくひつ》する十日ほど前だったでしょうか、短い夜が白み始めた頃、私は、常ならぬ呻き声のようなものを夢うつつに聞いて目が覚めました。

耳を澄ますと、それは、兄が仕事部屋にしている二階から洩れてきていきます。

兄が徹夜で小説を書いているのはよくあることですが、呻き声となると異常です。私はそっと身を起し、寝間着のまま二階への階段を上がってみました。

開けっ放しの廊下側の障子を背にして、ランニングシャツ姿の兄が机に向かっています。やはり執筆中です。胡座した腰の周りには書き損じた原稿用紙が散らばっています。

兄はまったく私に気づかず、しきりに万年筆を動かしていますが、時おり、ヒキガエルが押し潰されるような呻きが洩れ出ているのです。

「兄《あん》ちゃん、大丈夫？」

私はすぐに声をかけてみました。体調を悪くしたのではないかと懸念したのです。

「ああ、三吾か」

兄はびっくりして振り向き、私を認めてわずかに笑顔をつくると、

「大丈夫だ。今、ちょっと力の必要なところを書いてたんだ」

と言って、あらためて微笑しました。私に心配をかけまいとする兄のいつものやさしい笑顔です。

「力の必要なところって、何か石でも持ち上げている場面？」

健康上の問題でないと分かって私は思わず軽口をたたきました。

「そうではない。拷問の場面だ」

兄が急に真面目な顔になり、他人を寄せ付けない雰囲気がにわかにその場を支配しました。

「もう、夜が明けるよ」

何か言わなければその雰囲気に圧倒されてしまいそうで、私は思わずそのように口にしていました。

「そうか、夜が明けるか。……三吾、日本の夜明けはまだだが、そんなに先のことではないと思うな。夜があるから夜明けがあり、闇があるから光があるんだ」

そう言って兄は、つかの間、私を直視しました。

兄に見つめられるなどというのは滅多にないことです。私は妙に緊張しました。

「今朝は納豆ご飯だと思うな」

私は、何の根拠も意味もないひと言をつぶやき、兄の言っていることが分かったような分からないようなあいまいな気分でそそくさとその場を離れました。私の頭の中には、兄が大事にしている同人誌『クラルテ』の意味が〈光〉であることが自然によみがえっていました。

『一九二八年三月十五日』を読むと、凄惨な拷問場面が読み手の脳裡に深く刻み込まれるのが常のようです。なかには、〝拷問文学〟の世界的傑作と評している人もいます。そうした小説ジャンルがあるのかどうか私は詳らかにしませんが、兄が、その部分を描写する際には、あたかも自身がひどい拷問にあって呻いているような状態で執筆していたのは事実です。

この作品からわずか五年後の兄の凄絶な最期に思いを致すと、肉親としては、今だにまともにはこの部分を読み進められないというのが実状です。

できあがった『一九二八年三月十五日』を兄は、信頼する蔵原惟人氏に送りました。蔵原氏は、みずからの推薦文を付して『戦旗』の十一月号と十二月号に連載しましたが、それぞれ八千部ずつ印刷された両号は発行と同時に発売禁止になってしまいました。

しかし、『戦旗』社で組織していた巧みな配布網にのってかなり広範囲の人々に読まれることになり、ひそかに大きな反響を呼び起こしたのでした。

『一九二八年三月十五日』は、文学史上、兄のデビュー作と位置づけられているようです。

この作品執筆中の七月、兄は拓銀の為替係から調査係へ配置換えになっていました。この配置転換が何を意味するのか、母も私もまったく気にはなりませんでした。銀行内部の事情などには興味も関心もないのです。

ところが、お盆で里帰りした長姉のチマ夫婦と四方山の話をしていた折にたまたまその事実が話題になり、チマの夫が遠慮がちに、それは左遷人事だと教えてくれました。義兄の佐藤藤吉は、中規模の都市銀行に勤務している銀行員で、行内の事情には詳しいのです。

左遷と聞いても、母も私も特別な感情は抱きませんでした。その場に兄がいなかったこともありますが、肝心の兄自身が配置換えを一向に気に留めているふうもなく、以前と変わらない様子で毎日出勤していくからです。

それより何より、たとえ左遷であったとしても、あるいは、特高が兄のまわりをうろうろし始めていても、私たち家族は絶対的に兄を信頼していますから、兄が何か悪事をしでかすといった事態は想像すらしたことがありませんでした。とても家族思いで、つねに正義を貫いて弱者の立場に身を置く兄は小林一家の誇り以外のなにものでもなかったのです。

兄の行内異動をめぐって母は、その係がどんな種類のものであれ、あるいはどんな小規模のものであれ、それは銀行にとって必要な部署ゆえ設置されているのだから、どこに移ってもそこでしっかり頑張るべきだと言っていましたが、私にはとても印象に残っているひと言です。

現在、私は東京交響楽団の第一バイオリン担当者の一人として音楽活動をしています。ここは十人で構成されているパートですが、ごくまれに、急病などのよんどころない事情で九人になってしまうことがあります。そうすると第一バイオリンの音量がわずかながら減少してしまいますし、ひいてはオーケストラ全体に微妙な影を落とします。つまり、よい演奏のためには一丁のバイオリンも欠かすわけにはいかないのです。

そのときは兄に関わっての母の発言でしたが、それは今の私にとっても大事な教訓のひとつになっています。

兄の新たな仕事場となった調査係というのは、前日発行された手形や伝票を調べたり、信用調査などをする部署で、そこは、織田勝恵という女性行員と二人だけで構成されていました。前の為替係と比べると人との交渉はぐっと少なくなりましたが、あいにく支店長の机に近い場所でした。支店長席は、ガランとした銀行の中央の奥まったところに位置していましたが、それと並んで次席など幹部の仕事机があり、同じ並びに通路を隔てて調査係二人の席があったのです。

仕事の内容よりも、兄を監視する目的で配置換えになったのかもしれません。ナップ加盟後、特高刑事がそれとなく銀行に監視に来ていたようですから、銀行上層部はそうした事情に配慮したように思われるのです。

しかし、兄はそうしたことは一向に気にかけていませんでした。入行時に新調した夏冬兼用のサージの背広もところどころ穴が開いたりしていましたが、それにも無頓着でした。

執務中、兄はいつも右の耳にペンを挟んでいて、仕事の合間に銀行用箋に小説のメモをとったり、開店前、昼休み、閉店後など少しまとまった時間が確保できると五行十行と小説を書き継いでいたようで、他の行員とのお付き合いなどはあまりなかったようです。

『一九二八年三月十五日』について、兄は『東倶知安行』に着手し、九月五日に脱稿しています。

選挙応援の経験に基づいたこの作品について、作者は革命運動に参加していく際にどうしても陥りがちな個人的な名誉心や立身出世主義の芽生えに対して深く反省し、みずからを厳しく戒めている、と一般的には批評されているようで、私もそれをなるほどと受け止めています。

兄は、基本的には自分にとってプラスかマイナスかは問題ではなく、社会全体が幸福になるかどうかを常に問うていたのでした。

第八章　退　職

蟹工船は、カムチャッカ半島沖で展開された北洋漁業で活躍した大型船です。搭載した小型船でタラバガニを漁獲し、それを直ちに母船で缶詰加工するのです。

蟹工船は「工船」であって「航船」ではありませんから航海法は適用されません。また、工場ではありませんから労働法規の保護も受けられません。つまり、蟹工船は法令の空白部分になっているのです。

兄が中編小説『蟹工船』を書いたきっかけは二つあります。

一つは、一九二六年（大正十五年）九月に蟹工船・博愛丸で実際に発生した労働事件です。操業中の博愛丸の中で烈しい虐待やリンチがあり、それが新聞紙上で大々的に報道されたのです。兄は、小説の方の蟹工船の名称を「博光丸」としています。

もう一つは、一九二七年（昭和二年）六月の小樽港湾争議での村上由《ゆかり》氏との出会いです。

拓殖銀行が蟹工船に相当投資していましたので、村上氏はその辺の事情をいろいろ兄に質問し、兄の方は蟹工船の実情について氏から少なからぬ情報を得て、蟹工船のもつ問題点に深い関心をもつようになりました。同年の秋には実際に函館まで足を運んで実地検分をしています。

また、小樽高商時代の友人で安田銀行の函館支店に勤務していた乗富《のりとみ》道夫さんが、産業労働調査所函館支部に所属して、労働問題、なかでも蟹工船についてあれこれ調査していましたので、兄はその乗富さんからも詳細な資料の提供を受けていました。

兄が『蟹工船』を起筆したのは一九二八年（昭和三年）十月二十八日で、翌年の三月十日に、下書きにしていたノート稿に終止符を打ちます。末尾に、「一九二九、三、一〇、午前一時一五分擱筆す。百三十三日間を要す。約二百枚」と記されています。

その後、兄は清書しながら訂正や加筆を施し、三月三十日の夜にこの小説を完成しました。あくる日兄は、『戦旗』の編集者である蔵原惟人氏宛に長い手紙を添えて原稿を送りますが、手紙の最後で、

帝国軍隊――財閥――国際関係――労働者。

この三つが、全体的に見られなければならない。それには蟹工船は最もいゝ舞台だった。

と述べています。むろん、「三つ」は兄の勘違いで、「四つ」でなければなりません。

要するに兄は、蟹工船の中で繰り返されている重労働や虐待などを単なる船内の不祥事とするのではなく、国内外の政治や経済全般のなかで捉えようとしていたのです。

そういう意図がありますから、登場人物のほとんどは個人としてではなく集団として描かれており、それは固有名詞が極端に少ない叙述スタイルにもよく現われています。通常の小説のように、特定の主人公というものが存在しないのです。

『蟹工船』はすぐに『戦旗』の五月号と六月号に分載されました。後半が載った六月号は発売禁止になったのですが、このころの『戦旗』の発行部数は一万二千部に達しており、そのルートを通じて『蟹工船』は広く読まれていったのです。

評判は上々で、舞台でも上演されることになり、複数の劇団から申し込みがあったようですが、最終的には新築地劇団が舞台に乗せました。「北緯五十度以北」と改題して帝国劇場で上演したのでした。

また、この年の十二月には早くも中国語訳が出版され、その後、ロシア語、英語等への翻訳も進んで、次第に世界各国で読まれるようになっていきました。『一九二八年三月十五日』とこの『蟹工船』で、兄は、日本のプロレタリア文学に大きな展望を与えたばかりでなく、これを国際的水準にまで高めたと後に評価されるようになっていき、それはそれで家族としては嬉しく思っています。

『蟹工船』脱稿直前の二月に、兄にとっては大きな出来事が二つありました。

一つは、日本プロレタリア作家同盟が創立され、兄が、蔵原惟人、中野重治、坪井繁治などの各氏とともに中央委員の一人に選ばれたことです。これまでは小樽、せいぜいでも北海道の地域作家であったものが、今や全国を舞台に活動する作家として認められたということだと思います。選出された兄は直ちに伊藤信二氏らと協議して小樽支部準備会を設立し、具体的な活動を始めていきます。

もう一つは、非合法である日本共産党への入党を希望して断られたことです。兄は、親友の島田正策さんが、小樽運輸労働組合書記長の森良玄《りょうげん》さんの推薦で共産党に入党した事実に接し、森さんを通じてみずからも入党を申し込んだのです。しかし、兄の願望は受け入れられませんでした。作家活動に配慮してというのがその理由でした。

私などのような門外漢が事々しく言うまでもなく、作家というのは読んでもらってなんぼという世界に住んでいます。作品を発表しないことには何も始まりません。共産党は非合法の党ですからそこの一員となってしまえば小林多喜二の名前で小説は出せませんし、かりにペンネームを用いたとしても狭い小樽ではたちまち本名を特定されてしまう危険性は濃厚です。

もしかしたら、兄の思想なり信念なりがまだ党員としてはふさわしくないと判定されたのが真の理由だったのかもしれませんが、ここで入党を認められていれば、短い兄の生涯がさらに短いものになっていた可能性なきにしもあらずですから、私は、誰かは分かりませんが、このとき最終判断を下してくれた人物に肉親として感謝しています。

『蟹工船』が完成をみた翌月、四・一六事件と呼ばれている全国的な一斉検挙が突発しました。四月十六日に、全国各地で約千人が検挙され、小樽では約四十人が逮捕されました。

四日後の二十日早朝にはわが家も捜索を受け、兄も小樽署に拘引されましたが、幸いその日のうちに釈放されました。四十人のうち、島田正策、森良玄の両氏を含む六人の共産党関係者は水上署に留置されたままでした。

三・一五事件以後、特高警察は弾圧の手段として組織内のスパイづくりに力を入れていましたが、四・一六の際は、兄たちと一緒に「海上生活者新聞」の編集に携わっていた人物が警察に買収されてスパイになっていたのでした。

兄が、タエちゃんと再会したのは、拘引騒動からおよそ三週間後の五月十四日です。その日の夕方、勤務を終えた兄が同僚と一緒に外に出ると、銀行とは目と鼻の先にある中央ホテルの入り口にたまたまエプロン姿のタエちゃんが立っていました。二人はほとんど同時に互いの存在に気づきましたが、兄は連れがいるのでいったんその場を通り過ぎ、少し行ったところで同行者と別れてすぐ引き返してきました。しかし、その時にはタエちゃんはもう中に消えていました。

帰宅した兄は、タエちゃんを見かけた事実を母や私に興奮気味に語って聞かせ、母も私もその偶然にびっくりしたものですが、母の助言に従って、翌日、兄は改めてホテルを訪れ、タエちゃんとの関係を復活しました。

二年前、タエちゃんは誰にも告げずに室蘭まで行きましたが、まもなく札幌へ引き返し、病院の見習い看護婦として住み込んでいました。つい最近そこをやめてひそかに小樽に引き返し、名も彩子と改めてホテルの給仕係として働くようになっていたのです。

同じ小樽の空の下、しかもお互いの勤務先がすぐ近くとあって、二人の間にはまた元のようなつきあいが戻りました。二年間のブランクがあるのに、二人の気持ちは以前と少しも変わるところがありませんでした。つまり、兄はタエちゃんを結婚の対象として考え、タエちゃんの方は、それを受け入れることに違和感のようなものを覚えたままだったのです。

そうした自分の気持ちをそれとなく告げたかったのでしょうか、タエちゃんは兄の前でも彩子で通したらしく、兄の日記にもその後しばらくは彩子で登場しています。

兄より六歳下の私は、当時はまだ二十歳前後です。私の小遣いに兄からの援助をプラスして購入したフルサイズの真新しいバイオリンを手にして稽古に熱中していた時期でもありましたので、男女の心の機微などには疎かったのですが、それでも、こんな調子で兄たちは結婚できるのだろうかと何となく感じ始めていたのを三十余年後の現在でも漠然とながら記憶しています。

タエちゃんとの交際が復活して二ヵ月後、兄は『中央公論』と契約して『不在地主』を書き始めました。三ヵ月後の九月三十日を締め切りとする約束でした。

すでに述べましたように『防雪林』は前年の四月に完成していましたが、兄はそれを発表していませんでした。北海道の農民の苦しい生活を描いてはいても、まだ社会主義運動への理念をもてていなかったので、公開を躊躇したもののようです。

新しい小説『不在地主』のなかに、兄は『防雪林』で描いたものを多く取り入れていきました。そういう意味では『不在地主』は『防雪林』の改稿ないし改作という要素を少なからず有していると言えます。

『不在地主』の大部分のノート稿を兄は銀行の勤務時間中に書きました。早めに出勤し、午前中の二、三時間のうちにその日の仕事をすばやく片づけた後は、ドロップをしゃぶったりしながら銀行用箋に毎日決まって四、五枚ずつ原稿を書いていきました。時どき支店長がまわって来ると、兄は手近の書類でノートを隠しました。

まもなく、調査係に一人しかいない同僚の織田勝恵さんが、兄と席を入れ替わって支店長や次席の目からできるだけ遠ざけるように努めてくれ、兄が書いた原稿を自宅に持ち帰って清書する仕事を手伝ってくれました。時間がないうえに推敲が多かったりして兄の原稿はずいぶん乱雑な印象ですが、織田さんの文字は点画が整っており、とても読みやすくなっていました。

一方で兄は、調査出張の形をとって続けて何日も銀行を抜け出し、五、六分の距離にある花園町の喫茶店に出かけました。そこは、階下は洋品店で二階が喫茶店になっていました。客の少ない日中の時間帯に、片隅のテーブルで二、三時間も執筆を続けたりしました。

九月十日、兄は突然調査係から出納係へ左遷されましたが、その翌日の夜、『不在地主』のノート稿を書き上げ、二十九日に最終稿を完成させて『中央公論』編集部に送付しました。

兄が空知郡の幾春別《いくしゅんべつ》を訪れたのはその一週間後です。前年の三月に結婚した私の次姉ツギがその炭鉱町で暮らしていたのです。夫の幸田佐一は鉱夫を主な相手とする雑貨商を経営していました。幾春別炭鉱は、三井系の北海道炭鉱汽船会社の経営で、八百人ほどの男女労働者が働いていました。

幸田のはからいで兄は坑道や選炭場を見学し、坑内ではトロッコを押してみたりもしました。この時の体験は、後に『沼尻村』で生かされることになります。

兄が、五年七カ月あまり勤めた拓殖銀行を依願解職されたのは十一月十六日です。理由は、「左傾思想を抱き『蟹工船』『一九二八年三月十五日』『不在地主』等の文藝書刊行書中当行名明示等言語道断の所為ありしに因る」というものです。

一般的な依願退職ではなく依願解職となっているのは、それは実質としては解雇であったことの証明です。「依願」が付いているのは、上からの命令ではなく、同僚の一人がそれとなく辞表の提出を勧めるという形をとったためです。退職金も出ましたが、それは通常の退職の場合の半額の五百六十円でした。

銀行のトップの一部を除き、六十余人いた行員の多くは兄の退職をとても惜しんでくれたようです。送別会は二度に分けて行われたのですが、男性行員による一回目の会にはほとんど全員の同僚が参加してくれましたし、翌日催された、女子行員と女の給仕さんだけによる十人ほどの会では、皆泣いて別れを惜しんでくれました。

兄はどうやら女性にもてていたらしいのですが、それは、エリートサラリーマンである拓銀の行員という要素だけによるものではなさそうです。男女は平等で同権であるべきだという考え方や、常に弱い者の視点で社会を見ることができるといった、兄の基本的な性向によるところが大きかったのではないでしょうか。

執筆作業を親身になって援助してくれた織田勝恵さんにたいし、兄は別途縮緬《ちりめん》の反物を贈って感謝の意としました。

職場内で左遷を何度か経験済みの兄は、解雇はある程度覚悟していたようです。拓銀の内部資料を何度か組合側に流してきた事実がありますし、勤務時間内に小説を書いていたのも勤め人としては弁解の余地がありません。拓銀の収奪ぶりを具体的に暴いた部分も出てくる『不在地主』の主要なモデルとなったのは、拓銀の大株主の一人でもあるのです。

しかし、自分は納得できても家族にはなかなか退職の事実を言い出せず、職を退いてからもしばらくは、毎朝背広を着用し、母の作ってくれた弁当を持っていつもの時間に家から出て行きました。朝の餅つきも以前となんら変わりませんでしたので、兄が事実を自分の口から告げるまでは母も私もまったく気づいていませんでした。

「おや、まあ」

いつになく改まった様子の兄から報告を聞いた母はいささか驚いた表情を見せましたが、すぐ、

「おまえがそれでよいとしたのであれば、母さんとしては何も言うことないからね」

と、おだやかに言っただけで、詳しいことは何も尋ねようとはしませんでした。母は兄に全幅の信頼を寄せているのです。

「毎月百円の給料がなくなるのは残念だなぁ」

私は我知らずそのように洩らしていました。私がやっているパン屋からの儲けは数十円なのです。

今までどおりバイオリンの練習ができるのだろうかという利己的な不安も脳裏を過りました。

「給料がなくなった分は何とかする」

兄が、私の心配を打ち消すかのように真顔で言いました。

「今のは冗談、冗談」

心底を見透かされて、私はあわてて否定しました。顔の赤くなっているのが自分でも分かりました。

日ごろ母や私にはまったくと言ってよいほど厳しい顔を見せることのない兄も、この夜だけは表情をくずしませんでした。戸主としての責任感が如実に現われていました。

結局兄は、退職金の半分を母に渡しました。母はそれをそのまま貯金にまわしたようでした。

兄の方は、自分自身の負債の返済や友人の援助などにあてました。タエちゃんへも多少援助した様子でした。

月給という形で毎月保障されている収入がなくなったのは大きなことではありましたが、その代わりのように、兄の小説からの収入が漸次増え始めていて、生活が極端に困窮するという事態は回避できました。単行本化され、当時としては破格の一万五千部も売れた『蟹工船』からの印税が入ってくるようになっていましたし、『不在地主』の原稿料は五百円でした。

私は、家族の生活を支えることのできる兄の筆力に、このころから大きな敬意を覚えるようになりました。兄は作家というものになったのだということが実感できましたし、自分もバイオリニストとして、せめて自分の生活費だけでも稼げるようになりたいものだと希望しました。

『不在地主』は、『中央公論』の十一月号に掲載されました。ところが、二百五十九枚の作品中、最後の約五十枚が兄に無断で削除されていました。兄は直ちに、削除部分を翌月号に掲載してくれるよう依頼しましたが受け入れてもらえません。

そうしているうちに、蔵原惟人氏から、批評するために省略部分をまわして欲しい旨の書簡が届き、兄は『中央公論』社に連絡して問題の部分を蔵原氏宛に転送してもらいました。

こうした経緯を経て、『不在地主』の最後の章は、「戦い」と題して『戦旗』十二月号に掲載される運びになったのでした。

兄の次の小説は『工場細胞』です。『改造』との契約に基づくもので、十二月十八日の起筆になっています。

この作品を成すにあたって兄は北海製罐《せいかん》工場を取材します。この会社は、北洋漁業を独占していた日魯《にちろ》漁業の子会社で、八百人の従業員を抱えており、当時の小樽ではもっとも規模の大きい近代的な工場でした。

取材には、この工場で働いている伊藤信二さんが協力してくれました。氏は三・一五事件で検挙された経歴があり、ナップ小樽支部に参加している詩人でもありました。

兄は、この小説執筆中の三〇年正月から二月末まで、自宅を離れていました。一月は二セコの昆布《こんぶ》温泉に籠もり、二月は札幌の知人宅に世話になりながら創作に集中しました。若竹町の自宅には何だかんだと理由をつけて刑事がやって来ていましたし、二月二十日の総選挙に向けてまた大規模な検挙があるだろうと噂されていたからです。

昆布温泉に滞在中、兄のところに、ホテルで働いているタエちゃんから時どき手紙が来ていました。お正月の贈り物として万年筆とドロップが届きましたので、兄はその万年筆を使い、ドロップを舐めながら原稿用紙と格闘していきました。

この時期の兄は、『工場細胞』の他に、多くの文章をものしています。幾つかを挙げれば、『蟹工船』中国語訳の序文、感想「北海道の俊寛」（「大阪朝日」）、評論「プロレタリア文学の新しい文章に就いて」（『改造』二月号）、感想「総選挙と『我等の山縣』」（『戦旗』二月号）、「プロレタリア文学の方向について」（「読売新聞」）、評論「宗教の急所はどこにあるか」(「中外日報」)、評論「銀行の話」(『戦旗』四月号)、短編小説「同志田口の感傷」(『週刊朝日』四月号)といった具合です。

『工場細胞』は一月二十二日にノート稿を書き終えていましたが、その後さまざまな角度から推敲を重ね、二月二十四日に、二百四十枚のこの小説を完成しました。当時まだ稀《まれ》であった、大企業内の共産党組織を活写したこの作品は、『改造』の四、五、六月号に分載されて世に出ていきました。

ただ、兄自身が「作品の芸術としての出来映え如何はまずとして」と述べているとおりで、宮本顕治氏は「細胞の一員となる『お君』の『男工』に対するはすっぱな態度のなかに作者の批判性の欠如、わざとらしさ、唐突な点」があると評し、蔵原惟人氏からは「誤ったセクト主義がそのまま肯定的に描かれている」との批判を受けています。

北海道では多少名前が売れ出していたものの、中央からみれば、兄の文学もまだまだということであったのだろうと私なりに理解しています。

第九章　上　京

兄は、『工場細胞』を書き始めたころから、東京へ出ようという気持ちが徐々に固まっていったようです。拓銀を馘首《かくしゅ》され、小説家として身を立てていくしか道がなくなったような状況ですし、小説家になるとすれば、小樽よりは東京の方が何かにつけて便利、むしろ不可欠と考えたとしてもそれはごく自然の成り行きでしょう。

自分がいなくなった後の若竹町の自宅には幾春別の幸田夫妻に移り住んでもらう段取りも整えました。すでに徴兵検査も終えていた私ですが、私ひとりに母親を託すのは心もとなかったのでしょう。私がバイオリンに専念できるようにとの配慮も働いていたのかもしれません。兄は、自分だけが上級学校を出してもらったことをいつも気にかけていたのです。

一方で、兄の上京には田仲タエとの問題も少なからず絡んでいたと言えます。

ホテルで働いていたタエちゃんは、経営者の信頼も厚く、収入も悪くはありませんでしたが、彼女は、独立性のある技術を身に着けたいとの希望を前々からもっていました。貧しい生活を余儀なくされている弟や妹たちを安定して支えていきたいという気持ちが根底にありましたし、私の兄と暮らす場合に備えてのひそかな心構えでもあったのだろうと私は推測しています。兄自身がどう思っていたかは別にして、タエちゃんとしては、小説家で食べていけるかどうかなど見当もつかなかったのではないかと想像されます。

タエちゃんは、兄と相談して、東京で洋髪の学校に進学することを決意し、月々の給料のなかから東京行きの費用を積み立て始めていました。

一九三〇年（昭和五年）の三月末日、兄が若竹町の家を出て東京に向かいました。小樽築港駅から汽車に乗ったのですが、いつまでも窓から身を乗り出して大きく手を振り、母や私ども家族、さらには文学仲間との別れを惜しんでいました。

事前の予定どおり、兄は中野区上町の斎藤次郎さんの下宿にひとまず入りましたが、旅装を解くのももどかしく、四月四日には、築地小劇場で開かれた日本プロレタリア劇場同盟の第二回全国大会で祝辞を述べ、翌々日には、本郷にある仏教会館で開催された作家同盟の第二回大会に出席しています。

タエちゃんが上京したのは四月十日です。小樽駅から乗車したのですが、私の母が見送りにいくと言うので私もついていきました。タエちゃんの親や小さな妹たちも来ていて賑やかでしたが、タエちゃん自身はどこか心細げな表情でした。

兄は、斎藤さんの下宿に近い同じ上町で部屋を借り、タエちゃんの上京を待って一緒に暮らし始めました。二人だけで生活するのはこれが初めてです。兄は二十七歳、タエちゃんは二十二歳で、外見はきっと新婚夫婦に見えたことでしょう。

タエちゃんは、五月一日から代々木整容学院に入学を予定していました。そこは、普通科三ヵ月、研究科一ヵ月の洋髪専門の学校でした。

二十一日には、吉祥寺の江口渙氏宅で兄の歓迎会が催されました。四十人ほどのなごやかな会でしたが、兄が一番会いたがっていた蔵原惟人氏は、すでに前年の十二月から非合法の生活に入っていて再会はかないませんでした。

小樽を出るとき、兄は、

「八月二日の父さんの七回忌には帰って来る。スイカでも冷やして待っていてくれ」

と言い置いて旅立ちました。スイカは兄の大好物なのです。

母は、七月末に近所の八百屋で大きなスイカを購入し、井戸水で十分に冷やして待っていたのですが、八月二日になっても三日になっても兄は姿を見せません。私が、

「スイカならまた買ったらいいよ。そのスイカ食ってしまおう」

と提案すると、

「多喜二は帰って来ると言ったら帰って来る子だ。そのときまで待ちなさい。できたばかりのお墓も見てもらわないといけないし」

と応じて、すぐには私に同調しませんでした。

兄は、銀行を辞めたあたりから、小林の墓を小樽に建てないといけないと口にするようになっていました。戸主としての務めの第一は墓を守ることにあると思い到ったふうで、そんなところには兄の古風で律儀な一面が出ているかと思います。

兄の上京で墓地の選定や墓石の建立など具体的な折衝は母と私が受け持つことになり、兄と連絡を取りながら事を運びましたが、費用はすべて兄の原稿料でまかなわれました。

母と私は、南小樽の斜面の一画を利用して造成された奥沢共同墓地に墓所を確保し、墓標の正面に「小林家之墓」と刻んでもらうと同時に、裏面には、「昭和五年六月二日小林多喜二建立」と彫ってもらいました。

スイカ論議などをしているうちにお盆を迎え、十三日に、長姉チマが夫を伴って里帰りしてきました。義兄の佐藤藤吉は銀行員で、兄のその後の消息にもある程度通じており、実は兄が東京で逮捕されて現在は刑務所暮らしである事実を母と私は、義兄の遠慮がちな言で初めて知りました。

その間の兄の事情をかいつまんで説明してみます。

ナップの機関紙『戦旗』は、兄が上京する前年の一九二九年（昭和四年）には、発行した十二冊のうち六冊が発禁処分されるような抑圧を受けながらも、三〇年四月には二万二千部を数えるまでに発展していました。しかし、この年には『戦旗』に対する弾圧はさらに強まり、毎号連続的に発禁の処分を免れない状況に陥っていました。

そこで、『戦旗』社では『戦旗』防衛三千円基金募集運動を呼びかけ、さらに、防衛講演会を東京や関西地方で計画して、江口渙、中野重治、片岡鉄平、村山知義、貴司山治《きしやまじ》、大宅壮一といった人々とともに、私の兄も関西に派遣されました。

五月十七日、京都三条の青年会館で最初の講演会が開かれ、定刻の六時にはすでに八百人の聴衆が会場に溢れていました。しかし、官憲の弾圧は強硬で、十二人の弁士のうち六人が演説を中止されてしまいました。兄も登壇と同時に〝弁士中止〟を喰らってしまいました。

翌十八日、一行は宇治の山本宣治の墓に詣で、その日の夕方、大阪内本町の実業会館で講演、ここでは大いなる喝采を博しました。

大阪を終えると、二十日に三重県山田市の有楽座、二十一日には松阪市の公会堂と講演の足を伸ばしていきました。どこの会場も満員札止めの盛況でした。

松阪から帰京する江口、中野の両氏と別れ、兄は二十二日にまた大阪まで貴志氏らと引き返しましたが、その日、片岡鉄平氏が突然検挙され、その翌日の二十三日、今度は兄自身が検挙されて大阪の中之島警察署に留置されてしまったのです。容疑は共産党への資金援助でした。

六月九日付けで斎藤次郎さんに宛てた書簡が残っていますが、その中で兄は中之島署内での体験について、

中でひどい拷問をされた。竹刀で殴られた。柔道でなげられた。髪の毛が何日もぬけた。何んとか科学的取調法を三十分もやらせられた。


とその一端を述べています。

兄が前年の四月二日に小樽警察署に拘引されたのはすでに述べたとおりです。このとき

はその日のうちに自宅に帰って来ましたし、拷問を受けたというような話もありませんでしたから、中之島署で受けたこの拷問が、最期は壮絶な拷問で命を喪った兄にとって最初の拷問経験かと思います。

もっとも、兄は拷問の事実や拷問した相手などについてはあまり語っていません。そういう制度や体制を作り上げた権力構造や抑圧政治については切っ先鋭くメスを入れていきますが、個人攻撃の範疇に属するような事柄にはほとんど興味を示していないのです。身《み》贔屓《びいき》になりますが、兄の志の高さがこんなところにも反映されているのだと私は認識しています。

中之島警察に拘留されて十六日目の六月七日、兄はいったん釈放されます。資金援助はもちろん、兄の属する文学関係の組織や人間的なつながりなどについての取り調べに対しても一貫して頑強に抵抗した模様です。

釈放の四日後に兄は東京に帰り、杉並区成宗《なりむね》の立野信之氏宅に寄寓しました。タエちゃんは、兄が関西旅行に旅立つと同時に、代々木整容学院の寄宿舎に移っていたのです。

しかし、帰京後間もない六月二十四日の早朝、兄は立野信之氏の家で同氏とともに、中之島署のときと同じ共産党への資金援助容疑の名目で警視庁の特高に再度検挙されてしまいました。

兄はその日のうちに杉並署から巣鴨署へ移され、そこに二十九日間留置された後、上野の近くの坂本署にまわされましたが、治安維持法違反で起訴され、八月二十一日に中野区三丁目の豊多摩刑務所に収容されてしまいました。坂本署で兄は中野重治氏と同じ房でした。豊多摩刑務所には、当時は主として思想犯が収監されていたようです。

父の七回忌にあたり、私たちがスイカを準備して待っていた八月二日当日は、兄は坂本署に拘留されていたのでした。

この間、兄は『戦旗』の発行人であった山田清三郎氏とともに、『蟹工船』の問題で不敬罪の追起訴を受けています。

『蟹工船』の中に、天皇陛下への献上品である蟹缶詰に「石ころでも入れておけ——かまうもんか」という一文があり、それが天皇の尊厳を冒瀆するものであるとして、作者である兄と、最初にそれを掲載した『戦旗』の現在の発行名義人である山田氏が訴追されたのです。掲載時の発行人であった蔵原惟人氏はすでに地下に潜っているので、その代わりのような形で山田清三郎氏が挙げられたのだろうと推察されます。

実は、この小説が『戦旗』に発表されたときは「天皇陛下」と「石ころ」は伏せ字になっていたのですが、単行本として出版された際に復元されて問題になったのです。今さらの感なきにしもあらずですが、情勢全体がそのような方向に進みつつあるということだと思います。

その一つの側面は、兄が、前衛作家として着実に成長途上にあるということです。『蟹工船』の後も反体制的な作品を次々に発表し、しかもそれが着実に読者に受け入れられて、一部は国外の読者も獲得しています。兄の影響力が日に日に増しつつあるのです。民衆の立場にしっかりと立ってゆるぎのない兄は、権力者にとっては目の上のたん瘤《こぶ》以上の存在であったのでしょう。

もう一つの側面は治安維持法に関わることです。この法律は一九二五年（大正十四年）に公布されたのですが、一九二八年（昭和三年）の緊急勅令によって厳罰化が図られていました。従来許容していたものを遡《さかのぼ》って罰するというのはそうした流れを汲《く》んだ結果と推認することができます。

ついでに言い添えておけば、治安維持法は一九四一年（昭和十六年）に全面的に大改定され、あの無謀な太平洋戦争への突入を側面から支えていくことになります。

兄が収容された豊多摩刑務所の独房は、T字型をした赤レンガ建ての「南房」の二階でした。「六十三番」が兄のここでの番号であり名前でもありました。

背伸びをしても届かない高さに鉄格子のはまった小さな回転窓があり、ガラス窓と厚い赤レンガの壁の隙間から、小さく区切られた空がわずかに見えました。時おり、中野電信隊のあたりから機関銃の音が聞こえたりしました。

房は板敷で二畳の広さがあり、貧弱な畳が一枚置かれていました。

出獄後に書かれた短編小説『独房』によると、備品は、

箒《ほうき》、ハタキ、渋紙で作った塵取《ちりとり》、タン壺、雑巾《ぞうきん》、蓋付きの茶碗一個、皿一枚、ワッパ一個、箸一ぜん。――それだけ入っている食器箱。フキン一枚、土瓶《どびん》、湯飲茶碗一個、黒い漆塗りの便器、洗面器、清水桶、排水桶、ヒシャク一個。縁のない畳一枚。玩具のような足の低い蚊帳《かや》（ルビは私三吾がほどこしたものです）

でした。

『独房』には、未決囚の一日の生活も具体的に描かれていますのでさらに引用してみます。

俺だちは朝六時半に起きる。これは四季によって少しずつ違う。起きて直ぐ、蒲団を片付け、毛布をたゝみ、歯を磨いて、顔を洗う。その頃に丁度「点検」が廻ってくる。一隊は三人で、先頭の看守がガチャンガチャンと扉を開けてゆく、次の部長が独房の中を覗き込んで、点検簿と引き合わせて、

「六十三番」

と呼ぶ。

殿《しんが》りの看守がガチャン〳〵閉めて行く。

七時半になると「ごはんの用――意！」と、向こう端の方で雑役が叫ぶ。そしたら、食器箱の蓋の上にワッパと茶碗を二つ載せ、片手に土瓶を持って、入口に立って待っている。飯の車が廊下に廻ってくるのだ。扉が開いたら、それを差出す。――円るい型にハメ込んだ番号の打ってある飯をワッパに、味噌汁を二杯に限って茶碗に、それから土瓶にお湯を貰う。味噌汁の表面には、時々煮こまれた死んだウジに似た白い虫が浮いていた。

八時に「排水」と「給水」がある。新しい水を貰って、使った水を捨てゝもらい、便器を廊下に出して掃除してもらう。（これが一日に二度で、昼過ぎにもある。）

それが済むと、後は自由な時間になる。小さい固い机の上で本を読む。壁に「ラジオ体操」の図解が貼りつけてあるので体操も出来る。

独房の入口の左上に、簡単な仕掛けがあって、そこに出ている木の先を押すと、カタンと音がして、外の廊下に独房の番号を書いた扇の「標示板」が突き出るようになっている。看守がそれを見て、扉の小さいのぞきから「何んだ？」と、用事をきゝに来てくれる。

昼過ぎになると、担当の看守が「明日の願い事」と云って、廻ってくる。

キャラメル一つ。林檎　十銭。

差入本の「下附願」。

書信　封緘葉書二枚。

着物の宅下げ願。

運動は一日一度——二十分。入浴は一週二度、理髪は一週一度、診察が一日置きにある。一日置きに診察して貰える、時にはまるで「お抱え医者」を侍《は》べらしているぜイタクな気持ちを俺だちに起させることがある。然し勿論その「お抱え医者」なるものが、どんな医者であるかということになれば、それは全く別なことである。

夜、八時就寝、たっぷり十一時間の睡眠がとれる。
（「殿《しんが》り」は私三吾、「侍《は》べる」は兄自身によるルビです）

兄が検挙されたとの第一報に接したとき、私たち家族は妙に落ち着いていました。兄が勤務中の拓銀に時どき特高が訪れるという話は前から聞いていましたし、わが家の店先にもしばしば警察関係者が立ち寄ったりすることもあって、私たちはどこかで警察に馴れているようなところがあったのです。

また、兄が小樽警察署に拘束された折も、その日のうちに自宅に帰って来ていましたので、東京での検挙を耳にしてもとくに慌てた気持ちにはなりませんでした。

ところが、都内の警察署をいくつかたらい回しされ、挙句の果てに刑務所に収容されるという事態になって、急速に、これはただ事ではないという認識に変わっていきました。

兄は、刑務所の外との連絡をすべて斎藤次郎さんに依頼していました。斎藤さんは、村山知義氏の妻で児童文学者の村山籌子《かずこ》さん、中野重治氏の妻で、後に原泉《はらせん》と愛称された女優の原泉子《せんこ》さん、同じく中野重治氏の妹で詩人の中野鈴子さんら女性の力も借りながら差し入れなどに細かな配慮をしてくれました。

当初、兄は、私たち家族に意識的に消息を知らせないようにしたようです。兄自身、拘束が長くなるとは予想しておらず、まして刑務所などとは想像だにしていなかったこともありますが、母や私などに余計な心配をかけたくないというのが最大の理由でした。しかし、今回の収監は二年くらいになるかもしれない、という兄自身の言葉が斎藤次郎さんを通じてもたらされたとき、私たち家族は事態の深刻さを真剣に受け止めざるを得ませんでした。

とりあえず誰かが上京して状況を詳しく把握する必要があります。誰かと言っても、家にいるのは母と私と七歳下の妹幸《ゆき》だけですから、当然ながらその任を果たすことができるのは私以外に存在しません。私は、列車時刻表や東京の地図などを買い調えて初めての東京行きの準備をするとともに、幾春別《いくしゅんべつ》にいる次姉ツギとその夫に自分が留守の間の家族と店の世話を頼んで、九月の末には小樽を発つことができました。

母は、これから寒さの時期に向かうのだからと言って兄に厚手の布団を差し入れることを決め、さっそくその作業に取りかかりました。同時に母は、これからは自分で兄に手紙を書きたいとの思いを強くし、幸を先生役にひらがなの読み書きを勉強し始めました。

「おお、三吾か、よく来てくれたな」

細かい格子越しに対座した兄が、微笑しながら、いつもと変わらぬ声音を発しました。

「母さんは元気か。幸はどうしてる？」

「どちらも変わりないから心配ないよ。それより、兄《あん》ちゃん、どうしてこんなことに？」

いささかも常と異なるところのない兄に安堵感を覚えながら、私は気になっている点をまず尋ねました。

「それは……」

囚人服姿の兄はちょっと言い淀み、わずかに左後方に視線を移しました。その先には厳《いか》めしい制服姿の看守が後ろ手に立っています。

私は咄嗟にここが刑務所内である現実を想い起こし、迂闊《うかつ》なことは口にできないと悟りました。

「姉ちゃんたちの一家もみな無事のようか」

兄は相変わらず家族のことを心配しています。自分が刑務所に入れられたことが原因で親類縁者に何か不都合が生じていないか心配しているのは明らかです。

「みんな元気だから何の気遣いもいらないよ。それより、兄《あん》ちゃんこそ、何かと不便してるんじゃないかと誰もが心配してる」

「そうか。済まないなぁ……」

兄が、真実申し訳なさそうに眉を曇らせました。私は、余計なことを言ってしまったと即座に後悔しました。

「墓の写真を送ってくれてありがとう。なかなか立派なものじゃないか。これで小林家も安泰だ」

兄はそう言って、ほがらかな笑い声を発しました。その瞬間はこころの底から安堵しているふうでした。家長としての責任の一端を果たせたと思ったのでしょう。

この後三年も経たない内に兄がその墓に入ることになるとは、本人はもとより、誰一人として夢想だにしなかったことでした。

「俺のことに関しては、万事、斎藤さんにお願いしてある。困ったことがあったら何でも相談に乗ってくれるはずだから、そのつもりでいてくれ」

兄の語調はもう結論めいたものになっています。

「わかった。上野駅まで斎藤さんが迎えに来てくれ、そのまま斎藤さんの家に泊めてもらってる。俺たちは大丈夫だから、とにかく、兄《あん》ちゃん、身体にだけは十分注意してくれよ。母さんはいつも、兄《あん》ちゃんが何を食べてるかそればかり心配してる。母さんが布団を作ってくれて、それが間もなく差し入れられるはずだ」

私は、与えられた面会時間が十五分であることをチラと想起しながら、とりあえず言ってしまわねばならないことを早口で告げました。

「そうか、それはありがたい。刑務所というのは、時間はたっぷりあるけど、暖房というのはまったくなくてな。食べる物も、それなりのものはきちんと出るから心配は要らないと伝えてくれ。とりたててご馳走というほどのものはないけどもな」

兄がまた、いつもの笑顔を見せました。

その笑顔が、ふいに私の目頭を熱くしました。理由の分からない感情が私のなかに急に込み上げてきたのです。

「なんだ、三吾、泣いてるのか。そんなことでは駄目だ。多分、俺は二年ほど留め置かれることになるだろうから、その間、お前がしっかりして、母さんを大事にしてくれなくては、俺もゆっくり〝別荘〟暮らしができん。……それはそうと、お前のバイオリンは進んでるか？」

不自由な自分の身を差し置いて、兄は私のことを心配してくれています。

「うん、進んでる。兄《あん》ちゃんのお陰で、これからは、東京音楽学校の橋本国彦という先生

れたんだ」
「そうか、それはよかった。ソプラノ歌手の関鑑子《あきこ》さんという人が中心になって探してく
に教えてもらうことができそうだ」
兄が、裏話をさらりと披露してくれました。
兄にバイオリンを買ってもらって以来、私はずっと小樽で中川則夫先生の指導を受けて
いましたが、兄は、バイオリニストとして立つためにはやはり上京して修業しなければな
らないと私に説き、豊多摩刑務所に収監されてからも、見舞いに訪れる人に、しかるべき
指導者を紹介してくれるよう依頼していたのです。そうしたなかで関鑑子さんが橋本国彦
先生と連絡をとり、ほぼ私の弟子入りの話がまとまっている段階であったのでした。
「見舞いに来てこちらの話でわるいけど、兄《あん》ちゃん、シゲティというバイオリニスト知っ
てる？　小樽では、クライスラーやハイフェッツは知られてるけど、シゲティなんて誰も
知らないんだ」
「それは、ハンガリーのバイオリニストだよ。何でも、即物主義的な演奏をする人らしい。
向こうでは若い人にずいぶん人気があるらしいよ」
「そうなんだ」

私は兄の博学に嘆息しました。実際にバイオリやっている私よりも、現に収監中の兄の方が詳しいのです。

「来日することがあったら、そのときはぜひお前と一緒に聴きに行きたいものだな」

兄がちょっと遠い目をしました。その機会の到来を待ち望んでいる気配です。

「時間だ」

私が、つかの間、沈黙すると、その沈黙を幸便に利用するように看守の太い声が、格子の間を通して突き刺さってきました。

「お前が元気でないと周りの者も意気が上がらない。くれぐれも、母さんをよろしくな」

立ち上がりながらそう言った兄は、あとは看守に促されてその場から消えていきました。

私は、かつて味わったことのない大きな空虚感に捉われながらうろうろと立ち上がり、斎藤さんが待ってくれている廊下に自分の身を運び出しました。

兄は、資本主義、軍国主義、帝国主義といったようなものについてきちんと勉強し、その勉強に基づいて自身の論理の展開や運動の実践に結びつけているのですが、そうした知識も経験もない私や私の家族は、兄は、いわば化け物のようなものと対峙しているといった程度の感覚しか持ち合わせていませんでした。化け物が相手では勝てるはずがないだろうというのが、当時の私の正直な感覚でもありました。

東京滞在中を含め、斎藤さんにはいろいろお世話になりましたが、タエちゃんの件もその一つです。

タエちゃんは、私の上京と前後して整容学校を卒業していました。しかし、頼りにしていた兄が急にいなくなったものですから途方に暮れてしまいました。兄は、自分に何かあったら、その後は万事自分とは関係ないように振る舞えとタエちゃんに伝えてありましたから、タエちゃんは兄に手紙を書いたらよいかどうかさえ判断がつきませんでした。

兄は、斎藤さんにタエちゃんの相談相手になってくれるよう依頼し、斎藤さんの指示に従うかたちでタエちゃんが初めて兄に面会に行ったのは十月になってからでした。

そのタエちゃんの義父が急逝したのは、その年も押し詰まった十二月二十七日です。もちろんタエちゃんはすぐ小樽に戻り、母親を手伝いながら葬儀万端を済ませました。タエちゃんの母は、再婚してから三人の子どもを産んでいましたし、タエちゃんの妹のミツちゃんは、かつてタエちゃんが働いていたことのある小樽のホテルで下働きをしていました。義父の死によって、母と四人の弟妹の生活が一度にタエちゃんの肩にのしかかる結果となり、そうした情報は自然に兄の耳にも届いていって、獄中の兄はそうした点にも気を配らねばなりませんでした。

豊多摩刑務所にはいろいろな人が見舞いや差し入れに訪れてくれました。ディケンズとバルザックを読みたいという兄の希望で二人の作品がたくさん持ち込まれたようです。どんな環境に置かれても、常に文学の勉強を忘れることのない兄でした。

第十章　入　党

拘禁は二年程度と兄は予想していましたが、幸いにも、検挙からおよそ半年後の一九三一年（昭和六年）一月二十日に仮釈放が実現しました。

二日前に斎藤次郎さんから若竹町に電報が入りましたので私が急遽上京し、午後九時半の出獄を豊多摩刑務所の寒くて暗い門前で斎藤さんおよび女流作家の坪井栄さんとともに出迎えました。

「夜遅くなって冷え込んできたところを、申し訳ない」

両手に風呂敷包みを持って出てきた兄が、そう言いながら頭を下げました。素振りはいかにも恐縮そうでしたが、声音はいつもの明るさを失っておらず、そういう意味では私は安心しました。

「昼間の明るい時間帯に出所させてくれればよいのに、官憲というのはこういうところまで秘密主義に陥ってるんだから、まったく困ったものですわ。でも、思いがけず早く出られてよかった」

坪井さんが、ホッとしたように笑顔を見せ、斎藤さんと私が、兄の持ち物をそれぞれ一つずつ受け取って、そそくさと高くて頑丈な塀に背を向けました。

兄はそのまま杉並区成宗《なりむね》の斎藤家にいったん身を寄せ、一週間後に、同じ成宗の田村という家に下宿しました。そこは、兄より十日遅れで保釈された立野信之氏の住まいとも近い場所でした。中野重治、村山知義の両氏も前年の暮れには出獄していました。

私は、兄が下宿に落ち着いたのを見届けて小樽に帰りました。

出所すると同時に兄は『オルグ』の執筆に取りかかりました。『工場細胞』の第二部に位置づけられる作品です。半年間の〝別荘〟暮らしは、兄を苦しめるどころかむしろ休養になっていたのではないかと思わせるような創作意欲の発現でした。

兄の出獄を知ってタエちゃんが、二月中旬、妹のミツちゃんを伴って小樽から上京しました。彼女はもう二十三歳になっており、結婚適齢期も終盤に差し掛かっていました。

兄は、上京したタエちゃんに正式に結婚を申し込みました。出所したらプロポーズするというのは、兄が獄中にあったときから充分考え、自分のこころの中で決めていたことです。ヤマキ屋で初めて出会って以来、二人の間にはすでに六年の歳月が経過していました。ところが、兄の期待に反し、タエちゃんは兄の申し出に応じようとはしませんでした。

タエちゃんが兄を愛していたことは間違いありません。最初は、自分を救い出してくれたことへの感謝の気持ちから始まったようですが、その後、兄の真実の人柄を知るにつれてそれは次第に愛情に変わっていったのです。

しかし、兄の生き方や仕事ぶりを知れば知るほど愛情に加えて畏敬の念が強くなり、自分のような者がこんな立派な人の妻になってよいのかという疑問に捉われるようになっていったようです。

幼いころからの長い苦しみに耐えながらタエちゃんは、ようやく過去の傷跡から癒され始めていましたが、思いがけない義父の死が再び彼女を厳しい現実に引き戻しました。このまま結婚してしまえば、これまで以上の負担を兄にかける結果になってしまい、それは兄の仕事や生涯をだめにしてしまうに違いないと判断したのだと思います。結婚しない。それが兄に対するタエちゃんの最終的な愛情表現であったのです。

真剣に考え抜いた結婚を、きっぱりという印象で断われた兄は、強いショックを受け、かなり混乱もした様子ですが、結局は受け入れて、タエちゃんとの結婚を二度と口にすることはありませんでした。

人柄や心根はすばらしいタエちゃんに、知的教養を身につけさせ、その上で結婚生活を営むというのが兄の当初の目標でしたし、折々の資金援助も含め、基本的にはそのようにことを運んできたと私も理解しています。

ただ、私などから見ると、兄は結婚というものに対する理想が高すぎて、女性が望むようなことを必ずしもちゃんとやってあげていなかったのではないかという疑問も、正直、私のどこかにはあります。結婚は両性の合意に基づくというのは大事な原則で、兄は忠実にそれを守っていたと思いますが、反面、結婚は男と女の営みだという現実を兄はあまり重視していなかったようにも感じます。タエちゃんに対する兄の愛はプラトニックな要素が強すぎたようにも思われるのです。

いずれにせよ、この辺の事情については兄は何も口にしておらず、書き残してもいません。兄のまったくのプライベートな世界で、たとえ兄弟でもついには想像の域を出ることができないというのが、この問題に関する私の最終的な結論になります。

三月になると、タエちゃんは本郷湯島に三畳の部屋を借り、妹と二人で、丸の内の常盤《ときわ》屋《や》という料理店に勤めました。せっかく習い覚えた洋髪の技術を生かす道よりも、そちらの方が再度窮迫した田仲家の家族の口を糊《のり》するには少しばかり条件がよかったのでした。

兄は、三月三日に『オルグ』のノート稿を一応書き終えていましたが、タエちゃんのことや獄中生活の疲れが重なって体調を崩し、その月の中旬から神奈川県の山奥にある七尾鉱泉に籠もりました。この地で兄は『オルグ』を完成させますが、それは『工場細胞』から十三ヵ月後の作品でした。

このころ、度重なる弾圧で壊滅状態に陥っていた日本共産党の再建が徐々に進み、一九三一年（昭和六年）二月二十五日には機関紙「赤旗《せっき》」の復刊も実現しました。この前後から党として初めて文化政策をもつようになり、各種の文化団体内に党グループを組織する方針がたてられました。

「赤旗」復刊の三ヵ月ほど後にソビエトから帰国して地下活動に入っていた蔵原惟人氏は、宮本顕治、手塚英孝の両氏らとともに新方針の具体化に着手し、中心となった蔵原氏は古川壮一郎の署名で積極的にその関係の論文を発表していきます。

その蔵原氏と兄がひそかに会ったのは五月の半ばです。場所は中野にある兄の知人宅で、立野信行氏と村山籌子《かずこ》女史も同席しました。兄が蔵原氏と顔を合わせるのは、二八年五月に小樽から上京して初めて同氏のもとを訪れて以来三年ぶりでした。

それから十日ほど後に築地小劇場で開催されたプロレタリア作家同盟の第三回大会に兄は出席していますが、そこでは中條百合子、葉山嘉樹、徳永直、黒島伝治、金子洋文、松田解子、今村恒夫の諸氏など、多くの作家や詩人と交流しています。

大会終了後、兄は三泊四日の日程で小樽の若竹町に帰りました。東京に出て一年あまり経った頃から兄は、東京に家を持って家族の上京を促したいと考えるようになっており、その具体的な相談がおもな用件でした。

豊多摩刑務所にいる間、兄は自分の家族の問題についていろいろ考え、最終的に、家族全員が東京で暮らすのが一番よいという結論に達していたようです。自分は小林家の嫡男ですから一家を養う第一義的な責任は自分にあります。幸い、著作物が多少売れるようになってきて、経済的にはなんとか目処が立ちそうだとの自信がその最大の裏付けになっていたようです。

母は、秋田県の大館から北海道の小樽に移って二十五年になり、近所づきあいを含めて今はすっかり小樽の人になっています。そういう意味では母を小樽から強引に引き離すような形になるのは忍びないところもあった気配ですが、嫡男である自分の意向には賛成してくれるだろうと兄は見通していたようです。女性は、子どものうちは親に、嫁した後は夫に、そして、老いたら子に従うというのが当時の女性の一般的な道徳でした。兄が最初から意図してその古い婦道を利用したとは思えませんが、やはり、跡取り息子として親の面倒を最後まできちんとみたいという意識は強く働いていたと思います。とにかく兄は、親思い、家族思いなのです。

その家族思いは私にもしっかりと向けられていました。東京に出れば、優れたバイオリンの師はたくさんいますから、そうしたところで私を学ばせ、バイオリニストとして一本立ちできるよう取り計らう計画を一貫して持ち続けていたのです。

東京移住は、私としては願ってもない話です。ある程度バイオリンを弾けるようになってきて、できれば本格的に勉強し、バイオリンを生業にしたいと考えるようになっていたからです。

末の妹の幸をどうするかについては兄も悩んだようですが、まだ女学校の生徒でもあるので、本人が希望すれば卒業までそのまま小樽で過ごすようにしてもよいと柔軟に考えていました。その幸は、卒業までは今の友達と一緒にいたいということで、結局幸田夫妻、つまり叔母の家族とともに小樽で暮らす道を選択したのでした。

母も兄も私も東京に出てしまえば、三星パン屋は廃業のやむなきに到ります。しかし、それは、今は亡き夫とともに開業し発展させてきた母としては簡単には受け入れ難いところですし、兄としても自分のふるさとを喪失してしまうような事態は避けたかったに違いありません。

　ここに幸便に登場してくるのが、私からみて二番目の姉ツギとその夫です。既述しましたように、幸田姓のその夫婦は幾春別《いくしゅんべつ》の地で炭坑夫相手の雑貨商を営んでいましたが、業績がいま一つで、できれば小樽のような都会に進出したいとの希望を抱くようになっていました。兄はそうした事情も承知していて、幸田の家族に若竹町に移り住んでもらうことを考えたのです。

　兄からの事前の連絡に従って、兄が小樽に帰った翌日に小林家を訪れた幸田夫婦は、私が上京した折などには必ずわが家に来て三星パンの経営にも触れていましたので小樽への移住を快諾し、パンだけでなく、荒物や米穀などにも商いの手を広げるとともに、新たに加賀屋という屋号を設ける意志なども披歴しました。

　小林家の三男である私に替わって次女夫婦が小林の店を受け継ぎ、さらに発展させるということで母にはもう特別異論はありませんでした。見知らぬ東京に移り住むことにいささかの抵抗はあったようですが、それも、常時跡取り息子と一緒に暮らすという思いのなかで自然に解消していったようです。

家族状況の段取りを整えて帰京した兄は、六月九日に『独房』を完成させました。題名から判るように、自身の獄中体験を素材にしたもので、七月の『中央公論』に掲載されました。

兄はこのころ、『テガミ』『プロレタリアの修身』『飴玉闘争』『争われない事実』などの掌編小説を書き、その必要性を論文の形で強調してもいました。当時このような掌編は「壁小説」と呼ばれ、ドイツで発達していた小形式の文化活動の一つでしたが、一九三〇年（昭和五年）以後、わが国の進歩的な文学関係者の間でかなり注目されていた活動形態であったのです。

七月八日、上落合にある日本プロレタリア作家同盟の事務所で、第四回臨時大会が開催されました。この大会で、もともと文学サークルを基礎にする同盟の再組織と、国際革命作家同盟への加入が決定しました。併わせて、五月の三回大会で保留になっていた役員改選が十一日の第一回中央委員会で行われ、委員長に江口渙、書記長に小林多喜二、中央委員に中條百合子、立野信之、中野重治、徳長直、鹿地亘等十一人といった人事も承認されました。兄は、小説や評論を書くだけでなく、文学組織の活動家の一員としても多忙になっていったのです。

兄と母と私の東京での三人暮らしが始まったのは七月の末です。場所は、杉並区馬橋《まばし》三丁目三七五番地です。私が、バイオリンの稽古の関係もあって早々に上京し、斎藤次郎さん宅に寄寓しながら、斎藤さんとともに捜し歩いて見つけた物件でした。兄もひと目で気に入ってくれましたので、程もなく小樽の母をその一軒家に迎え入れたという順序でした。

馬橋という所は、青梅街道筋で往来も賑やかであり、交通の便も非常によく、東京の中心地へ出るにも造作のない地域です。

新居は、八畳、六畳、三畳の三間に台所のついた小さな平屋でしたが、兄は初めて自分の部屋を持てたのを喜んでいました。兄は八畳間を自分の仕事部屋にし、私も隣りの六畳間でバイオリンを練習できるようになりました。

小樽にいるころは、兄が執筆している傍らで練習していても文句など言ったことのない兄ですから、隣室でどんな音を出しても何の問題も起こりませんでした。私のバイオリンも徐々に上達して、あまり変な音は出さなくなってきてはいましたが。

母は、一日中何もしないでいるのはもったいないし退屈だからと言って、周りの空き地を耕し、野菜や兄の好きな草花づくりを楽しんでいました。

店舗兼用の狭い家作に多くの家族が住んでいた小樽時代には考えられなかったことで、私は、兄が机の前に座って本を飛んだり原稿を書いたりしているのを目の当たりにして、いよいよ本物の作家らしくなってきたな、と思ったものです。

しかし、その時はすでにただならぬ情勢だったのでしょう、張り詰めた厳しさが兄の周囲から漂っていました。忙しい毎日で、出かけると夜遅くまで帰りません。それでも母や私と話すときは、いつもやさしい兄でした。

私どもの母親が上京する十日ほど前、タエちゃんの母親が、幼い四人の子ども達を連れ、タエちゃんを頼って上京していました。タエちゃんは多少なりとも収入を増やすために丸の内の店を辞めて品川の鳥料理屋に勤め、妹の方も銀座のフランス料理店で働くようになりました。タエちゃんの母は、長年のひどい苦労がたたってすでに身体のあちこちを悪くしていました。

タエちゃんの一家七人は神田で一部屋を借りて暮らしていましたが、兄は時おりそこを訪ねて見舞ったり激励したりしていたようです。できる範囲内で金銭的援助もしていたかと思います。

兄は、タエちゃんとの結婚は完全に諦めていたようですが、弱いもの、虐げられているものを黙って見過ごせないのが兄の性分で、それが兄の足を神田に向かわせたのでしょう。苦界に陥っていたタエちゃんを多額の借金をして救出した兄の正義感は何年経っても色褪せず、そこを原点とする、社会正義実現への信念が兄の文学を支えているのだと私は理解しています。

作家同盟の書記長も務める兄はとにかく多忙でした。朝早く家を出て、夜十二時を過ぎてから帰宅する日々が続きました。いくら遅くても母は起きて待っていたようですが、私は眠りこけている場合がほとんどでした。

東京で生活するようになってから、兄は滅多に洋服を着ることがなく、毎日着物で過ごしていました。和服で火鉢に手をかざす兄の姿は作家そのものという印象を醸し出していました。

家の中だけでなく、外に出るときも和装でしたが、ふところにはいつもノートが仕舞われていました。それに書類や書籍が重ねられている場合もしばしばでしたので、ふところは常にふくらんで見えました。多少不格好な印象なきにしもあらずですが、兄は、小樽にいたころと同じように、見てくれなどは一向に気にしているふうもありませんでした。都会に出たら垢抜ける、といった世界とはまったく無縁でした。

兄は、八月二十三日から十月三十一日まで長編小説『新女性気質』(後に『安子』と改題)を都新聞に連載し、地下生活を余儀なくされたことで結局は未完に終わった『転形期の人々』の最初の部分を全日本無産者芸術団体協議会(ナップ)の機関紙『ナップ』十月号に連載し始めていました。

そうした執筆活動の最中《さなか》の九月六日、兄は群馬県佐波《さわ》郡の伊勢崎町で行われた文芸講演会に出かけました。地元の要請を受けてナップが派遣したもので、村山知義、中野重治の二氏と一緒でした。

ところが、官憲側は、到着して間もない三人を検束してしまい、講演会を開会できない状況に陥りました。

憤慨した聴衆は直ちに伊勢崎警察署を包囲して抗議し、一時は乱闘状態にまで発展しましたが、最終的には両者の話し合いがもたれ、三人の講師は無事に釈放されました。抗議団の側にも一人の逮捕者もなく、治安維持法下では稀有《けう》な例として語り継がれていると耳にしています。

満州事変が勃発したのは九月十八日ですが、そうした背景のなかで、文学、演劇、映画、音楽、新興教育研究所、プロレタリア科学研究所等十一の団体が加盟する日本プロレタリア文化連盟（コップ）の結成準備が進みます。

兄は、十月七日の結成準備会で中條百合子、中野重治、坪井繁治の各氏らとともにプロレタリア作家同盟代表という形で文化連盟の中央協議員に選ばれましたが、書記長として作家同盟の仕事に専念する必要から、十日の常任中央委員会で川口浩氏と交替してもらいました。この委員会で、翌年一月に創刊を予定されていた『プロレタリア文学』の編集委員に選ばれました。

五つの芸術団体と六つの科学者団体を包括したコップがスタートしたのは十二月下旬です。これまでの『ナップ』及び『戦旗』に替わって『プロレタリア文化』『働く婦人』『大衆の友』が創刊されたほか、各団体からもそれぞれ専門の雑誌や新聞が発行されて新しい潮流が形づくられていきました。

兄が、非合法の日本共産党に入党したのは文化連盟の結成準備が進んでいたころ、つまり、一九三一年（昭和六年）の十月です。プロレタリア作家同盟の党細胞の一員ということになったのです。

兄は、ふだんから自分の仕事の内容や思想関係の話などは母にも私にもまったくしてくれたことはありません。何かの場合に累が私どもにまで及ぶ危険性について慎重に配慮した結果です。

なかでも、共産党に関わることがらは絶対の秘密事項ですから、当然のことながら、私ども家族にも一切口外はしませんでした。すべては戦後になってから、当時の同志の皆さんの証言や研究者の方々の探求によって明らかになったものです。

入党した前後から、打合せや会議が毎日連続的に行われるようになっていったようで、兄の帰りは以前にもまして遅くなり、帰宅が明け方になったり結局帰って来なかったりという場合もありました。

そうした忙しさのなかでも兄は、会合の合間とか人と待ち合わせるわずかな時間を利用して原稿用紙を取り出し、どんな日でも四百字詰め二枚の原稿は決して欠かしませんでした。

『新女性気質』を連載し、雄大な長編小説『転形期の人々』を書き続けながら、短編『母たち』を仕上げ、掌編『疵』『父帰る』をものし、さらに評論「プロ文学新段階への道」をまとめるなど、精力的な執筆活動を展開していました。

この年、つまり一九三一年（昭和六年）、国際革命作家同盟機関紙『世界革命文学』ロシア語版の第十号に、『一九二八年三月十五日』の抄訳が掲載されました。英訳からの重訳でしたが、ほとんど同時に、独、仏各語版にも訳載されました。
私ども家族の知らない間に、兄の文学は次第に国際的になりつつあったのでした。

第十一章　地下生活

前年九月の満州事変勃発の前後から、民主主義的な思想や運動に対する政府側の弾圧は急速に強まっていましたが、それは文化関係にも幅広く及んでいました。文化運動そのものを治安維持法の対象とするようになっていったのです。

このうち、文学者への弾圧は一九三二年（昭和七年）の三月から四月にかけて集中的に行われています。

まず、三月二十六日に窪川鶴次郎、小川信一ご両人を含む文化連盟書記局の全員と坪井繁治出版部長が逮捕され、今野大力《こんのだいりき》、戸台俊一《としいち》のお二人も連盟の事務所で拘束されました。

四月三日には『大衆の友』の編集長を務めていた中野重治氏が逮捕され、翌四日には、地下にあって文化運動を指導していた蔵原惟人氏が、小石川町の隠れ家で逮捕されたほか、七日には、『働く婦人』の優れた編集長だった宮本（旧姓中條）百合子女史がやはり逮捕されました。

こうした厳しい状況のなかで兄は、一月に沖仲士の失業闘争を描いた短編『失業貨車』を書き、三月には中編『沼尻村』を仕上げて『改造』の四、五月号に発表しました。後者は、『不在地主』から二年半後の農民小説でした。

『沼尻村』を擱筆した直後、兄は、軍需工場である藤倉電線の労働者と交流するようになりました。社名から明らかなように、この会社は電線や通信ケーブルを製造する大企業で、その分野では国内トップクラスの規模を誇っていました。

藤倉電線の労働者の多くは臨時工で、劣悪な条件下で重労働を強制されていました。待遇改善を求める臨時工たちは団結して経営者側に対峙しようと努力しますが、労働条件改善を正面から掲げたのでは小規模な集会の開催すらままなりません。そこで、〝小林多喜二の小説の話を聞く会〟という名目の集まりを企画し、兄をそこに呼ぶことにしました。

もちろん、兄は喜んでその集会に出席しましたが、そこでは文学のことはほとんど話題にならず、兄は、団結の仕方や経営者側との交渉の手順などについて、分かり易く話をしてきたのでした。

藤倉の臨時工との接触は兄にとっても楽しいものであったようですが、長続きはしませんでした。日数を置かずに地下生活を強いられたからです。しかし、このときの経験は、四ヵ月後に起筆した『党生活者』の中で生かされることになり、そこには、臨時工たちの生活が生き生きと描かれています。

文化連盟への弾圧が広がり始めた三月末ごろ、兄は、作家同盟第五回大会の一般報告「プロレタリア文学運動の当面の諸情勢及びその立ち遅れ克服のために」の執筆で、馬橋の自宅を離れていましたが、四月三日の夕刻、宮本顕治・百合子夫妻を訪ね、十時過ぎに帰りました。宮本夫妻はその年の二月に結婚して、本郷の動坂町《どうざかまち》に住んでいました。百合子女史によりますと、その日の兄は、着流しに中折《なかおれ》帽子をかぶり、風呂敷包みを下げていて、村役場の書記のような印象であったそうです。多少変装していたということでしょう。

夫妻と兄はこの場で中野重治氏の逮捕を確認し、二日後、宮本夫妻は自分たちの検挙を避ける目的もあって、神奈川県の国府津《こうず》に別荘をもっていた百合子女史の父・中條精一郎氏のもとを訪れ、ほぼ時を同じくして私の兄は奈良の志賀直哉先生宅を訪問しました。

小樽高商時代に私淑し、文通を始めてから十年目にあたっていましたが、その間、兄は自分の著書を送って批評をお願いしたりしていたものの、先生にお目にかかるのはこの時が最初で最後になりました。

兄は、出入りの行商人のような格好をして志賀邸に入り、志賀家の人々には迷惑がかからないような配慮をしていました。

志賀直哉先生の回想によると、兄は「実に暢気に話をして帰って行った」とのことです。兄が将棋も麻雀《マージャン》もできないことを知り、近くにあるあやめが池の遊園地に子どもさん達も連れて出かけたのだそうですが、兄はお子さん達ととても楽しく遊んでいたそうで、志賀先生は、プロレタリア作家というものに対する自身の認識が少し変わった由を述べておられます。

兄としても、文学関係の難しい話をするというより、畏敬する大先生にひと目会ってみたいというのが主な目的であったのだろうと想像されます。兄にとっては、厳しい弾圧下での、つかの間ながらこころ温まるひとときであったに違いありません。

国府津へ行った宮本夫妻は七日に帰京し、二人は東京駅で別れました。夫の方は、検挙の危機が迫っていることを連絡先で知らされそのまま地下生活に入りましたが、東京駅から真っ直ぐ自宅に帰った妻は、家で張り込んでいた特高に逮捕されてしまいました。

その後まもなく奈良からひそかに帰京した兄も、馬橋の自宅がすでに特高の捜査を受けたことを同志から知らされて、そのまま地下生活に入りました。その数日前に、母ひとりのところに特高課員を名乗る男が三人訪れて、家の中をあれこれ探索していっていたのです。

三月末から四月にかけ、百人以上の作家、評論家、画家、音楽家、俳優、科学者等が逮捕され、神田小川町ビルの文化連盟事務所は閉鎖されました。新たに移った市ヶ谷の事務所も極端に活動を制限され、印刷中の出版物も押収されてしまうような始末です。

大きな打撃を受け、半非合法化を余儀なくされて非常な困難に陥った多くの文化団体ですが、宮本氏や私の兄などが中心になって、残存勢力を糾合しながら再建活動に取り組み、〝暴圧は革命競争で逆襲せよ〟をスローガンにします。期間を定め、その間に達成した同盟員やサークル数の増加、出版物の発行部数、通信員の拡大などを具体的な数字で競い合いながら再建活動を促進しようとしたものでした。

『プロレタリア文学』四月号の巻頭論文「第五回大会を前にして」を書き終えた兄は、四月二十日ごろ、十日間ほど世話になっていた小石川区原町の支援者宅から、麻布東町の称名寺《しょうみょうじ》という寺の境内にある二階家の一室を借りてひそかに移り住みました。

その隠れ家は、上下一間ずつの家屋でしたが、兄が借りた階下の五畳の部屋は、隣家の板壁で周りを遮られ、一日中日光の入らない陰気な一室でした。二階には家主の母子が暮らしていました。

兄は、地下生活に入って間もない一九三二年（昭和七年）の四月下旬に武藤ちづ子さんと結婚しています。結婚といっても、もちろん区役所に届けられるような状況ではなく、私ども家族でさえ、その事実を知ったのは戦後になってからです。

ちづ子さんと結婚する一年前、兄はタエちゃんから明確に結婚を断られていましたが、その後もタエちゃんとは何度か会っていました。ただし、それは復縁を迫るといった性質のものではなく、今は七人の所帯を背負って頑張っているタエちゃんを多少なりとも助けてやりたいという、兄が最初からタエちゃんに寄せていたやさしい心情がそのまま絶えることなく続いているということの証明と言ってよいかと思います。兄の頭から、タエちゃんと結婚するという考えは完全に消滅していたのです。

ちづ子さんとの結婚は形式的なものではありません。当時、地下生活をしている人のなかには、独身でいるよりも夫婦でいた方が官憲の目から逃れやすいということで、形だけ夫婦を装っているカップルも少なくなかったと聞いています。

しかし、兄とちづ子さんは、そのような〝偽装夫婦〟ではなく、男女の愛情でしっかりと結ばれた真実の夫婦です。それは、ちづ子さんが党関係者でなかった事実が如実に物語っています。兄が急逝したため結婚そのものがごく短期間で終わってしまいますが、比較的条件に恵まれた隠れ家が見つかった折にはちゃんと同居して協力し合っていたのです。

ちづ子さんは山梨県の出身で、年齢は兄より八歳下です。地元の女学校を卒業した後東京に出、新宿の画塾で絵を学びました。その後、銀座木挽町《こびきちょう》にあった図案社で絵や刺繍の仕事をし、後には演劇にも興味をもって、その他大勢の役ながら、「左翼劇場」の舞台に立ったりもしています。

一九三一年（昭和六年）二月頃ですが、兄は、ちづ子さんと京大の学生の三人で、新宿方面にビラ貼りに出かけたことがありました。そのビラは日本プロレタリア美術家連盟に関わるものでした。ひどく雪の降る日で、作業が終わった後、兄は二人を近くの飲食店に誘い、そこの二階ですき焼きを食べました。

それが兄とちづ子さんの最初の出会いで、以後、何度か二人で喫茶店に行ったり、ちづ子さんの知人に原稿の清書を頼んだりといったようなことがあったりして二人の仲は急速に親密さを増していったのです。

ちづ子さんは、いたって明朗快活で、ともすればジメジメした印象になりがちな男女関係をサラッとした友人関係に変えてしまうような性格の持ち主でした。ある意味で、タエちゃんと正反対と言ってよく、兄はそうしたところに女性の新しい魅力を見出したのかもしれません。

結婚して以降、ちづ子さんは献身的に兄を支えてくれました。彼女のわずかな給料が、しばらくの間兄の逃亡生活を支えてくれたのです。

地下に潜ってからは出版社との連絡がつけ難くなって印税もきちんと入って来ないようになり、厳しい弾圧でプロレタリア文学の読者層が大幅に減るとともに、伏せ字を多くしなければならない兄の著作物も以前のようには売れなくなってきてもいたのです。

そのころ、斎藤次郎さんは北海道銀行の東京支店を辞して逓信省管轄の貯金局に勤めていましたが、兄が地下生活に移ってからも誠実な友人で、この方もまた最後までひそかに兄の仕事を物心両面で応援してくれました。斎藤さんには私自身もあれこれずいぶんお世話になっており、深く感謝いたしております。

結婚三カ月後の七月、兄は、称名寺の境内の隠れ家から比較的近い新網町《しんあみちょう》に移りました。そこは、麻布十番という賑やかな商店街の裏側の住宅地にある素人下宿でした。

新しい住居は、三方がガラス障子で西日をまともに受け、トタン屋根の照り返しでひどく暑い二階の六畳の部屋でした。

兄は、東側の壁に向けて机を置き、七輪や炭箱などを物干し台の片隅に並べて、炊事は二階でしていました。押し入れには不意に襲われたとき、屋根伝いに逃走するために草履を用意し、大型のトランクに一切の原稿や書類などを入れて、連絡や会合で外出する場合は必ず錠をかけて出かけました。

兄は、ここへ引っ越してから間を置かずに中編小説『党生活者』の執筆に着手しました。前述したように、この小説は、三月頃に関係をもっていた藤倉電線の労働者の闘争が素材にされ、四月からの兄自身の地下体験が題材にされています。共産主義的な人間像の典型を日本文学のなかで初めて造形したと評価されていますが、兄自身の闘いの生活が血肉となった作品であったとも言えます。兄は、この小説の起稿と前後して全文化団体の共産党グループの責任者に選ばれてもいました。

兄が地下の生活に移った時、その旨を母や私に連絡してよこしたわけではありませんから、私どもは、二、三日兄が帰宅しなくても、忙しいせいだろうとしか想像しませんでした。しかし、一週間経っても帰る気配すらなく、さすがに心配になって斎藤次郎さんに問い合わせてみましたが、そちらにも何の音沙汰もありませんでした。私ども母子から見れば兄は行方不明の状態に陥ってしまったのです。

母の話によると、大館にある小林の本家筋の者が数年前に東京に移り住んで来たらしいとのことでしたが、実際に頼りになるのは兄の古くからの友人で支援者でもある斎藤さんだけです。氏を煩わして、多少とも手がかりになりそうなところを当たってみますが一向に埒《らち》があきません。

私たちが途方に暮れ始めたちょうどその頃に兄から私宛に短い手紙が届きました。私たちが困っているであろうことを考慮したのです。ただ、内容は、元気だから心配しないでくれ、当分家には帰れそうにないという簡単なものでした。差出人の名前はもちろん変名ですし、住所も、調べてみたら、現実には存在しないそれでした。自分以外のところに被害が及ぶのを用心深く避けた結果でした。

兄の無事が判明してとりあえずは安心しましたが、地下生活の兄にこちらから接触する方法はありません。時おり届く書信をただ待っているだけです。母は、郵便配達夫が廻ってくる時間帯になるとそわそわし、玄関の外に出てさりげなく待ち構えているといった状態でした。

兄からの手紙は、最初のうちはとくに切迫したものを感じさせませんでしたが、あまり日を置かずして、経済的に困っているらしいことが明瞭な内容に変わっていきました。

八月二十日付の手紙には、

同封の金は、金が生命である僕が贈る金だと思って（何故なら、時には、なすの漬ものだけで三日も過ごすことがあるのだよ）暑い盛りをよく我慢して暮した君のお母さんを一日涼しいところで遊ばせてあげるために使ってください。

とあり、翌日書いたのに何かの事情で投函が十二月中旬になってしまった葉書には、

四月以来、一銭の収入もなくて困っていたろうと思う。三月頃契約して置いた小説を中央公論に送っておいたから、金が入ると思う。入ったら今迄の借金を払ったり、妹の学費を送ってやったり、家賃を払ってくれ。

とありました。

兄は、地下に潜っても、絶えず家族の生計にこころをくだいてくれていたのです。

もちろん、私になにがしかの収入があればそれに越したことはありません。しかし、そ

の当時の私はまったく無収入でした。

バイオリンの腕も多少は上がって、小樽を出る直前のころは、札幌の小規模な管弦楽団の依頼を受けて演奏会の舞台の一隅に連なることもありました。そうした場合は、家族の生活を養うというまではいきませんが、少なくとも、自分の小遣いをまかなう程度の出演料は頂戴できました。

しかし、東京に出て来てからはそのような機会はありません。そもそも、バイオリンの技量向上が上京の最大の目的なのですから、まずは師匠のところに通いながら稽古専一に努めねばならないのです。バイオリンで身を立てるというのは、そもそもは兄の発案でしたが、今は完全に私自身の目標になっており、それ以外の選択肢はないといってよかったのでした。

兄が行方不明状態になって間もないころ、私は北海道の長姉チマと次姉ツギの家族にもその旨連絡してありました。兄が北海道に帰っている可能性なきにしもあらずと考えましたし、何かの折には姉たちの夫の協力を仰ぎたいと期待もしたのです。とくに、長姉の夫である佐藤藤吉は銀行勤めのしっかりした人で、私はこの義兄の助力を以前からいろいろな場面で当てにしていました。

義兄本人は仕事の都合で来られませんでしたが、長姉チマが三歳の娘和枝を伴って八月下旬に上京しました。和枝は母にとっては一番年嵩《としかさ》の孫ですし、可愛いさかりでもありますので馬橋の家のなかは一気に明るくなりましたが、兄の消息は依然としてはっきりしないままです。母と姉と私の三人で毎晩遅くまで対応策を考えましたが、妙案というほどのものは何一つ浮かんで来ませんでした。

佐々木三郎と名乗る兄の支援者から、兄に会ってみないかとの話が出たのは九月も中旬にさしかかったころでした。私たちは、つかの間、喜びにあふれ、すぐに、懐疑に捉われました。佐々木三郎というのは偽名だろうと見当がついたからです。かりに警察のスパイであったりすれば、大変な事態になりかねません。

しかし、話を聴いてみると、風貌や性格、これまでの来歴など兄のことを実によく知っており、事情があって本名は伏せているのだと理解できました。

兄に会いたいのはもちろんです。しかし、そのことによって兄に不利益な事態が生じるようなことになれば本末転倒になりかねないという疑懼《ぎく》も小さくありません。

相変わらず、自宅の周りはいつも警察に監視されているような状態です。もし兄に会うとなれば、どこで、どのような形で警察当局の目が光っているのか、私どもには見当もつきません。

　しかし、佐々木三郎と名乗る人物は、その点には充分配慮するから心配は要らないと保証してくれました。それより何より、兄が家族に会いたがっているというひと言が私たちの気持ちを即座に固めさせました。私たちはすべての段取りをその支援者に委《ゆだ》ねることを決断しました。

　五日後のその日、私はチマ母子に東京見物させるというふうに装い、そこここで遊んでから、麻布十番にある山中屋という果物屋の二階にある喫茶室に入りました。場所も時間も事前に打ち合わせさせれていたもので、そこにはすでに、別途、女性の支援者に導かれた母が来て待っていました。私たちは、窓際に置かれたテーブルの椅子に横一列に腰掛けて兄を待ち受けました。

「和枝、大きくなったなぁ」

　足音と同時に姿を見せた和装の兄が、微笑とともに朗らかな声音でまず姪に声をかけました。こちらの出席者は誰であるか事前に知っているような口ぶりです。

　兄が和枝を最後に見たのは、ようやくつかまり立ちで歩けるようになったころのはずですから、予想はしていても、姪の成長ぶりにはびっくりした様子です。

「痩せたねぇ」

自分の真向かいに座った兄を見つめながら母が嘆息しました。家族と会うのに変装は不自然と考えたのでしょう、兄は普段着のままでした。

「この人、だれ？」

和枝が、怪訝そうに右隣の母親を見上げました。

「多喜二叔父さんですよ」

姉が、兄を一瞥しながらわが子に説明します。

「姉さん、遠いところ、よく来てくれたね。佐藤家の皆さんに変わりはないかい？」

「皆元気よ。ツギのところも変わりないから心配しないで。あなたこそ、すっかり痩せてしまって、大丈夫？」

「そんなに痩せたかなぁ。でも、いたって元気だから心配ないよ。……母さん、いろいろ苦労かけていて申し訳ない」

兄が軽く頭を下げました。

「お前のための苦労なんか苦労のうちに入らないよ。それにしても、毎日、食べる物をちゃんと食べてるのかい？　居場所さえ分かれば届けたいんだけど」

「ありがとう。親というのはありがたいもんだな、三吾。バイオリンの方は進んでるか？」

「うん」

ふいに話題にされて、私は短い相槌しか打つことができません。

「橋本先生の指導はどんな具合だ？」

すぐに、兄が助け舟を出してくれます。

「厳しいけど楽しいよ。まもなく、近衛秀麿先生のお宅を訪問することになってるから、そのとき連れて行ってくれるって」

「そうか。それはよかったな。立派なバイオリニストになるという夢を絶対に諦めては駄目だぞ。お前が舞台でスポットライトを浴びる日が必ず来ることをオレは信じてるんだ。……それはそうと、忘れないうちにお前にこれを渡しておく。この後に入る予定の原稿料だ」

そう言いながら兄はふところから冊子を取り出し、その中に挟まっていた紙片を私に伸べてよこしました。

私が受け取って改めると、そこには兄の著作物、出版社名、それぞれの原稿料とその支払い予定日の一覧が載っています。

「少なくて悪いが、当分はそれで間に合わせてくれ」

兄はちょっと恐縮しています。

「ありがとう。これだけあれば三ヵ月は大丈夫だよ。オレに収入があればいいんだけど、バイオリンの腕がまだそこまでいってなくて。申し訳ない」

私は、悔しい思いを噛みしめながら自然に頭を下げていました。

「そんなことは気にするな。今のお前は、とにかくバイオリンに集中することだ。母さんの面倒をみてもらってるだけでオレは充分満足してる。母さん、三吾はオレなんかよりずっといい息子だよな」

兄は、最後は冗談にしてその場に区切りをつけました。

「多喜二も三吾も、チマもツギも幸《ゆき》も、母さんにとってはみんないい子だよ。いつか、お前たち五人が揃うときがあったら、ぜひ一緒に写真でも撮っておきたいもんだ」

母は、本気でそう思っているらしく、笑顔ながらも声音には真剣なものがありました。

「ジュース飲みたい」

大人たちの会話とは別に、和枝が、眼の前のオレンジジュースの瓶を見つめています。

「ごめん、ごめん。せっかくだから、早いとこ皆でご馳走になろう」

水玉模様のクロスのかけられたテーブル上に並んでいるサンドイッチ、ジュース、果物類に視線を走らせながら、兄が、あわてて姪のコップにジュースを注ぎました。

「多喜二、今日はゆっくりできるのかい？　ここは大丈夫？」

母がちょっと声をひそめ、周囲の気配を窺うように言いました。

「あまりゆっくりはできないけど、三十分ぐらいは時間がある。ここも、同志が下にいるから、その点の心配はない」

兄が、チラと窓の下に視線を走らせながら、断定しました。

私が、さりげなく兄と同じ方向に視線を送ると、夕暮れの始まった向かい側の電信柱の下に、佐々木三郎なる人物が、煙草を吸いながら周囲に気を配っていました。

「このパンも美味しいけど、パンはやはり三星堂だな。皆も遠慮せずに早く食った方がいいよ」

兄が屈託なさそうに言いますが、母はジュースをちょっと口に含むだけで固形物には手を出そうとしません。きっと胸が一杯で食べ物など喉を通らない状態なのでしょう。

私は、兄に付き合うような形でサンドイッチを口に運びました。確かに、パンそのものは小林家のそれが旨いように思いましたが、そうしたことを話題にする気持ちの余裕はありませんでした。

　階下の果物店には結構客が来ているらしく、人声や足音なども聞こえてきます。それがいつ警察関係の人間のものに変わらないとも限りません。兄は尾行を巻いて来ていたとしても、私たちの側がそれをうまくできていたという保証はないのです。もっとも窓際の私は、〝佐々木三郎氏〟の動きに絶えず気を配っていました。

「次に会えるのはいつになるかはっきりしないので……」

　兄が、思いを改めるようにちょっと真顔になりました。

「もう六十になった母さんを初め、家族の皆に迷惑や心配や負担をかけていて、その点は申し訳ないと思ってるけど、オレは、今やっておかなければ一生悔いを残すことになるに違いないと思われる仕事に携わってるんだ」

　そう言って兄は、自分のジュースをひと口喉に流し込みました。

「今の世の中は、地主や大金持や政治権力者がすべてを支配していて、小作人や労働者・勤労者は、働いても働いてもなかなか生活が楽にならない。働けば誰もがそれなりの暮らしができる、そういう世の中にしたい、経済の仕組みをそのように変えたいというのが我々のまず第一の目標なんだ」

兄は気づいていないのでしょうが、「我々」という部分にちょっと力が籠もっています。

「第二は、平和な世の中をつくることだ。満州事変が始まって一年になるけど、戦争は収まるどころか拡大の方向に向かっている。このまま進めば、戦線は中国全体に広がり、日本は泥沼に落ち込んで抜けられなくなってしまうかもしれない。下手をすれば、またロシアやさらにはイギリスなどとも戦争するようになるかもしれないんだ。戦争で一番みじめな思いをするのはいつも一般庶民だ。戦争はどうしても避けねばならないし、そのためには、とりあえず満州における戦争を直ちにやめさせねばならない」

そこでまた一区切りらしく、兄はひと呼吸置きました。

私たちは、どう反応したらよいのか分からなくて沈黙したままです。和枝だけが、爪楊枝の刺されたリンゴのひとかけらを口に運んでショリショリした音を立てています。

「三番目は、今の日本には自由というものが全くないということだ。だいたい、自由という言葉を口にしただけで警察に目を付けられてしまう。平等も同じだ。人間には男と女が存在し、男女が協力して世の中を支えているのに、日本では未だに女性には選挙権が与えられていない。ひどく不合理と言うべきだ。人間の思想や信条というのはきわめて大切なもので、それは誰からも侵害されてはならないんだ。そうした、自由や、平等や、博愛といった、人間の精神が生み出した大事なものを守るために我々は闘っている」

先刻までの優しい眼差しと違って、兄の眼は輝いています。自信に満ちた眼色です。

「昭和七年の今は、言ってみれば闇の時代だ。しかし、闇がある以上、光も必ずある。必ず光の時代がやって来る。それがいつになるか、今は断言できないけど、少なくとも、和枝のような年代の子ども達は、光あふれる社会に送り出してやりたい。それが大人の務めだと我々は考えている」

生来子ども好きの兄の視線が自然に和枝に注がれています。

視線を意識したのか、和枝がふいに叔父を見返し、両眼をしばたたきました。

「急にこんな話をしても、すぐには分かってもらえないかもしれないけど、さっき言ったように、次に会えるのはいつになるかはっきりしないので勘弁してほしい。家族の一員が警察に追われる身だということになると、世間体もよくないかもしれないが、オレは絶対にここで警察のお世話になるわけにはいかないんだ。警察に捕まると拷問が待っている。拷問そのものは怖くないけど、これまで多くの同志が拷問で死亡したり、心身に不具合が生じたりして活動を断念せざるを得なくなっている。将来の豊かな生活、平和な世の中の実現といった目標達成のためには、我々の誰も警察に捕まるわけにはいかないんだ。分かるな、三吾」

「うん、それは分かる」

経済の仕組みや自由云々などの部分にはついていけないところもありましたが、小樽でも東京でも、家の周りを特高がうろうろしている現実が、兄の話をすなおに肯定させました。

「オレはもう行かなければならん」

時計を見ながら兄が腰を浮かしかけています。

「もう行くのかぇ、多喜二」

母の声音は哀しみに満ちたものです。

「ごめんな、母さん。オレは今、一日が二十八時間あっても足りないような生活をしていて、今日はこれ以上、ここに座っているわけにはいかないんだ。近いうちにまた今日みたいな場をつくるから……。姉さん、藤吉さんに宜しくな」

最後に、姉の夫の名を口にして兄は立ち上がりました。スックとした立ち方でした。もう引き止めようはありません。

「じゃあ、またな」

兄は、入ってきた時と同じ笑顔で辞去の意志を告げました。

「多喜二、これを持って行きなさい」

母があわててふところから懐紙を取り出し、眼の前のサンドイッチを手早くそれに包んで兄に渡しました。

「ありがとう」

受け取った兄は笑顔をさらに明るくしましたがそれは一瞬で、あとは振り返ることもなく、そのままその場から姿を消しました。

「多喜二の、あの、背中を揺すって歩く癖が警察の人に知られてなければいいけど」

佐々木三郎なる人物と一緒に夕闇のなかに消えていく息子の後ろ姿に長い視線を送りながら母がつぶやきました。

母を初め、私以外の家族が、生きている兄の姿を見たのは結局それが最後になりました。

チマ母娘はその後も二週間ほど東京に滞在して十月中旬に小樽に帰りましたが、その際は母も同道しました。次姉ツギの家族の様子を自分の眼で確かめるのが主な目的でした。ツギは、二年前の十二月に長男を産んだ翌年、年子で次の子を出産しており、店も繁盛して何かと忙しくしていました。

母はツギ夫婦と相談し、まだ二歳の長男昌久《まさひさ》を引き受けて東京で育てることに決め、十二月中旬に孫をおんぶして帰京しました。

果物屋の喫茶室で私たちと会った兄は、その数日後に新網町の二階から、同じ麻布区桜田町に一軒の小さな二階家を借りて引っ越しました。まもなく、武藤ちづ子さんの母を静岡から呼び寄せ、地下生活に入って半年後に、ようやく、安定した隠れ家をもつことができました。

私が、日比谷公会堂で、ヨーゼフ・シゲティと東京交響楽団の共演になるベートーベンの「バイオリン協奏曲」を兄と一緒に聴いたのは、短期間ながら兄の生活が落ち着いていたこの時期の一夜で、その折の模様はこの手記の第一章に記してあるとおりです。

しかし、比較的安全だと思われた新しい家も長くは続きませんでした。三カ月後の一九三三年（昭和八年）一月七日、兄は中編小説『地区の人々』を完成させていますが、脱稿の三日後に武藤ちづ子さんが卒然、銀座の勤め先で検挙されてしまったのです。ちづ子さんは、兄と結婚する前に一度逮捕された経験があり、それなりに警察から目をつけられていたのでした。

ちづ子さんが拘束された翌早朝、桜田町の隠れ家は数人の特高刑事に踏み込まれ、家宅捜索を受けました。前年の暮れ、隠れ家のすぐ近くに巡査が転居してきていたので、兄は一応用心して、家宅捜索の数日前から他の同志の家に泊まっていましたが、その日は朝早くに連絡を済ませ、特高たちが引き上げていった直後に帰宅したのでした。

危うく逮捕を免れた兄は、村山籌子《かずこ》さんのはからいで渋谷区羽沢町《はねざわちょう》の国井喜三郎方の一室を借り、そこに移りました。ちづ子さんは二週間後に釈放されましたが、ちづ子さんとの関係をたどって捜査される危険もありましたから、その後は生活を共にすることができませんでした。

国井家の主は勤め先を仙台にもつ商工省の技官でしたが、当時は海外へ出張中でしたし、夫人は、仙台の官舎へ出かけたりして不在がちでした。そんなわけで、羽沢町の自宅は婦人雑誌社に勤務している長女が切り回していました。この女性が、村山籌子さんの親しい友人だったのです。

兄は、山野次郎と名乗り、新聞広告を見て訪れた簿記教師ということで下宿しました。荷物は、大きなトランク二つだけでしたが、それとなく事情を察知したらしい長女のひそかな心づくしもあって、あたたかくて親身なもてなしを受けました。

部屋が五つか六つあり、女中さんもいるお宅でしたが、兄は、出入りの便利を考慮して階段下の二畳半の部屋を希望しました。そこは北向きで小さな高窓があるだけであり、換気がよくないので兄は寒中も火鉢を使わないで仕事をしました。

ますます加重していく仕事と健康を考え、兄は好きな煙草もこの機会にやめました。

この時期の兄は、文化、文学運動のなかに現われ始めた敗北的な見解に対し、身を挺して闘い続けていました。伊東継、堀永之助などの署名で、『プロレタリア文化』『プロレタリア文学』等に数多くの論文を発表しています。

先に完成した『地区の人々』は、すぐ『改造』の編集者佐藤績氏宛に送られましたが、その際に添えられた兄の手紙は、危険で多忙極まりない生活のなかでも兄は常に家族にこころを寄せていたことをよく表していますので、ここでちょっと引用させてもらいたいと思います。


突然ですが小説をお送りします。

『地区の人々』という百枚ものです。原稿は一月八日まで届くように送りますが、何卒よろしくお願いします。

私は自家とは昨年の四月以来消息を絶っているので、キット困っていると思うのですが、若し掲載決定しましたら、原稿料は成るべく早く、私の自家（馬橋です。多分まだそこに居るとおもいますが）へお送り下さるよう重ねて、御願い申し上げます。

『地区の人々』は、二月十八日発売の『改造』三月号に掲載されました。革命的な伝統をもちながら長年の弾圧にうちひしがれ、火の消えたような沈滞に陥っていた小樽の労働者たちが、戦争と高揚する闘争のなかで、再度立ち上がって苦闘しながら組織をつくり、中央の組織と結びついていく営みを描いたこの作品は、兄を追及する特高たちの憎悪を駆り立てる結果となりました。おとなしく地下に潜っているならまだしも、実名で公然と反体制的な作品を発表したということで彼らなりのプライドが傷つけられ、逆恨みしたものでした。

先に、『一九二八年三月十五日』で拷問場面を詳しく描写し、そのことで警察の反感を買っていたようですから、兄に対する彼らの理不尽な憎悪がさらに倍加されるかたちになっていったのかもしれません。

『党生活者』の方は、兄の死の直後、『転換時代』という題で『中央公論』の四、五月号に分載されますが、全編百八十枚のうち、七百五十八ヵ所、約一万四千字が抹殺されていました。

他の多くのプロレタリア作家の著作と同じく、兄の作品の伏せ字が完全に復元されたのはすべて戦後になってからです。

兄がかなり力を入れていたのにまだ序編の部分で中断していた長編小説『転形期の人々』は、兄の多忙な地下活動と急逝のためこの世のものとはなりませんでした。『党生活者』を書く前、兄は『失業者の家』という小説をまとめようとしていましたが、『転形期の人々』の一部と推定されるその断稿がわずかに残っているのみです。

第十二章　多喜二忌や

『地区の人々』が載った『改造』三月号が発売になった二日後、つまり、一九三三年（昭和八年）二月二十日が兄の命日となりました。二十九歳でした。

その日の正午過ぎ、兄は赤坂福吉町《ふくよしちょう》の飲食店で将来を期待されている詩人の今村恒夫氏と連絡のため落ち合いました。赤坂花柳街の路地裏にある小粋なつくりの店でした。二人は、共産青年同盟の責任者である三船留吉と時間をかけてゆっくりと会合をもつ予定になっていたのです。

三船は、今村氏を通じて、しばらく前から兄との三人の会合をたびたび申し入れていました。同じ秋田県出身の三船に対して、もしかしたら兄は親近感のようなものを抱いていたのかもしれません。あるいは、そうした兄の心情を見透かして三船は巧みにそれを利用したのでしょうか。三船留吉は、県南部、山形県と境を接する由利《ゆり》郡鳥海村《ちょうかいむら》の生まれでした。

今村氏の案内で、兄は、待合街の狭い路地裏を溜池《ためいけ》の方へ向かって歩いて行きました。路地にそって、粗末な平屋づくりの荒い格子窓の古びた芸者置屋が軒を並べています。この辺りは、日中は人通りも少なくてひっそりとしており、地下活動家たちの連絡場所としてよく使われていました。

朝から薄曇りの寒い日でした。兄は着物で外出するときのいつもの身なりで、バイオリン協奏曲の演奏会の折にも着用していた変装用のロイド眼鏡をかけ、鼠色のソフト帽をかぶって、大島銘仙の着物に二重廻しを羽織っていました。

三船との連絡場所は、そこからほど近い飲食店でした。二人は、約束した時刻ちょうどにその店に入りました。しかしそこに三船はおらず、築地警察署の特高刑事たちが待ち構えていました。三船留吉は特高警察のスパイであったのです。

ここで捕まったらいつ娑婆に戻って来られるか分かりません。兄と今村氏は全力で逍走を図りました。

一本道の路地には抜け道がありません。二人は電車通りを目がけて走り出しました。そこまで二百メートル以上の距離があります。兄は疾走しながら二重廻しを脱ぎ捨てました。

追いかける特高たちは、

るのです。

「ドロボー！　ドロボー！」

と連呼しました。彼らの常套手段です。こうした方法で、通行人や地域住民の関心を煽《あお》

兄は、溜池の電車通りまで逃れ出ました。街角近くにガレージがありました。ドロボー

という叫び声に応じて、そのガレージから屈強な男たち数人が飛び出して来て兄に襲いか

かり、兄の力はそこで尽きてしまいました。

洋服を着ていた今村氏はかなり逃げ延びることができましたが、自転車で追走してきた

特高の体当たりを受けて倒れ、彼もまたその場で逮捕されてしまいました。

二人はそこからすぐに築地警察署へ連行されました。

兄は、最初、山野次郎と称し、頑として本名を明かしませんでしたが、顔見知りの水谷

特高主任が写真を突き付けてきたので、仕方なしに名前だけは認めました。

やがて、警視庁から特高係長の中川成夫警部が部下の須田巡査部長と山口巡査を引き連

れてやって来て尋問にとりかかりました。兄は今村氏を顧みて、

「おい、こうなったからには仕方がない。お互い元気にやろうぜ」

と声に力を込めて言い放ちました。

それを聞いた特高たちは、

「生意気言うなっ！」

と言うが早いか、中川警部の指示のもと、兄を寒中丸裸にして、まず須田巡査部長と山口巡査が握りの太いステッキで打ってかかりました。築地署の水谷主任、小沢、芦田などの特高係四、五人が手伝いました。

一九二五年（大正十四年）に公布された治安維持法は、三年後には詔勅によって死刑の規定も設けられていますが、実際に死刑になった人物はいません。そういう意味では若干寛大と言えるところなきにしもあらずですが、この法律に違反すると判断した者に対する拷問は言語に絶するものがありました。少なくない人間が拷問そのもので死亡していますし、命長らえても後遺症に苦しむといったケースが数多く存在します。

拘束された二人はそれぞれ別室に入れられ、今村氏の拷問は築地署の特高に任されました。この拷問で片足が不自由になった今村氏は二年後に病気のため刑が執行停止になり、さらにその二年後に、療養のために戻っていた郷里の福岡で二十七歳で亡くなりました。

兄の拷問を担当したのは、残忍な性格で知られる警視庁特高の須田と山口です。残虐をきわめた拷問は三時間以上も続き、兄は完全に意識を失ってしまいました。兄は身をもっておのが信念を貫き通し、党と家族を守り切って、最後まで屈しなかったのです。

兄が無意識状態に陥ったところで拷問はいったん中断されました。何の反応もしない相手への拷問は無意味と悟ったのでしょう。自分たちも肉体的に疲れていたのかもしれません。

築地警察署には五つの檻房《かんぼう》があり、その第三房には、やはり三船留吉の手引きによって逮捕された岩郷《いわごう》義雄氏など十二、三人が一坪半ほどの狭い空間に留置されていました。

底冷えのする留置所内に暮色が迫り、五つの檻房にすし詰め状態で閉じ込められている留置人たちは誰もが無言で空腹と無聊《ぶりょう》に耐え、夕食の時刻を心待ちにしていました。

突然、第三檻房の真正面に位置する留置場の出入口が開かれ、二人の人間が運び込まれました。

最初に背広姿の若々しい男性が、呻《うめ》きながら一人の特高に背負われて、一番奥の第一房に運ばれました。今村恒夫氏なのですが、そうと知っている人は誰もいませんでした。

次に、二、三人の特高に手取り足取りされながら、着物の前がはだけた男性が岩郷氏らのいる第三房にまるで叩きつけるようにして投げ込まれました。兄です。しかし、こちらも、それが小林多喜二と見分けられる人はいませんでした。

兄は、激しい息遣いと呻きで身もだえするばかりで起き上がることもできません。

「ひどいヤキだ……」

横たわったままの兄を覗き込んで、同房人の誰もが驚愕しました。

岩郷氏は兄の頭を自分の膝にのせましたが、兄の顔は苦痛にゆがみ、髪のやわらかい頭はしばしば膝から滑り落ちました。

「苦しい、ああ苦しい……息ができない……」

兄は呻きながら身もだえします。

「しっかりせい」

「頑張れ」

岩郷氏を初めとする同房人たちが一生懸命励まします。

「うん……うん……」

頷いているようでもあり、呻いているような反応でもあります。

「あなたの名前は？」

岩郷氏が尋ねましたが、聞こえているのかどうか、兄はそれには答えず、ただ、

「苦しい、苦しい」

と悶《もだ》えるだけです。

ややあって、兄が、

「便所へいきたい」

と訴えましたので、同房者が二人がかりでそっと背負っていきました。

便所へ着くやいなや、兄は腹から絞り出すような叫び声を発し、肛門からは大量の出血がありました。とてもしゃがめる状態ではなく、何も排泄できないまま、また背負われて房に戻りました。

一連のそうした場面をそわそわしながら見ていた看守に、岩郷氏が、

「駄目だ、こんな所では。すぐに保護室へ移さなければ」

と強く訴えました。

第三房の反対側に畳敷きの広い保護室があります。女性だけを入れていましたが、多くの場合は空いており、その時も無人でした。

看守がしぶしぶながら承知したので、岩郷氏たちは毛布を敷いて兄をそちらに移し、枕もあてがいました。

拷問の状態を確認しようと思って岩郷氏は兄の着物をまくりましたが、ひと目見て、

「あっ！」

と叫び、覗き込んだ看守も、

「おう……」

呻きました。

兄の両膝から上は、内股《うちまた》といわず太股《ふともも》といわず、一分の隙もなく青黒く塗りつぶしたように変色しています。どういうわけか、寒中なのに股引《ももひき》も猿股《さるまた》も穿《は》いていません。さらに調べると、尻から下腹部にかけての全体がこの凄惨な青黒色に覆われています。

岩郷氏が、

「冷やしたらよいかもしれない」

と提案し、雑役夫がバケツとタオルを運びました。

岩郷氏たちが濡れたタオルでこの青黒い場所を冷やし始めると、多少は気分がよくなったのかそれとも疲れ果てたのか兄は眠ったような状態になり、苦痛も訴えなくなりました。

留置所に灯が入って夕食が運ばれました。岩郷氏はひとり兄の枕辺に座って弁当を食べましたが、食べ終えて兄の顔を覗くと容態が急変しています。

半眼を開いた眼は上ずって白眼がめだち、さかんにシャックリが出て止まりません。拷問でダメージを受けた内臓全体が断末魔の悲鳴を上げ始めていたのです。

岩郷氏がすぐさま看守に告げると、ただごとでないことが分かったらしい看守が慌てて飛び出していきました。

やがて、特高の連中がどやどややって来て、岩郷氏は房の中に押し戻されました。保護室の前には衝立が立てられ、医者と看護婦が姿を見せて注射をしました。

その後まもなく、担架が運ばれ、兄はそれに乗せられました。

兄の担架がまさに留置場を出ようとするその時、奥の第一房から、

「コーバーヤーシー……」

と叫ぶ今村氏の悲痛な声が聞こえ、激しいすすり泣きが起こりました。

この時になって初めて、留置場にいた人々は、猛烈な拷問を受けたのは小林多喜二であったということを知ったのでした。

築地署裏の前田病院に運ばれた直後に兄は絶命しました。午後七時四十五分でした。

特高警察は、虐殺した兄の遺体に新しいメリヤスのシャツを着せ、ズボン下を穿かせました。遺体引き渡しの際に拷問の生傷が関係者の眼に入るのを覆い隠すためでしょう。

その後、特高警察がどのように動いたのかは二十年後の現在でもまったく闇の中ですが、

虐殺の翌二十一日午後三時に、兄の急逝を報じる特別放送がなされたことが事実として残っています。警視庁の毛利特高課長が発表したのは、兄の死因は心臓麻痺というものでした。

各紙夕刊も一斉に兄の死を報じましたが、情報源はすべて特高ですから、大小どの新聞も心臓麻痺による急死になっていました。

兄が亡くなった当日も翌日も、馬橋の自宅には何の連絡もありませんでしたから、母も私も兄の死は全く知らないままに過ごしていました。

検察当局は、遺体引き取りの照会を、本籍地という理由で小樽若竹町の幸田夫婦宛に発していました。毎日のように馬橋のわが家の周りを特高がうろうろして母も私もそこに居住していることが明白なのに、わざわざ小樽に照会するなどというのは、時間稼ぎや意地悪以外のなにものでもないでしょう。母が兄の死を知ったのは、二十一日の夕刊が配達されて間もなくの時間帯です。隣家の奥さんが、新聞を手にして知らせに来てくれたのです。

私が知ったのは、さらにそのもっと後です。二十一日は、私は午後から、バイオリン仲間数人が集まって自主的に行っている練習会に参加し、終了後、新しいバイオリンを購入予定にしている仲間の一人に付き合って日本橋の楽器店まで足を延ばしました。話がはずんで夕食もその友人と共にする結果になり、帰宅は夜になってしまったのでした。

兄の死の報に接した母は、すぐ、新聞に出ていた築地署へ行ってみることにしました。しかし、女の、しかも六十過ぎの年寄りとあっては警察へ行ってからの対応も覚束ないと思い直し、誰か男性に同道してもらうことを考えました。

幸い、大館の小林家の本家が数年前から東京に在住していると聞き及んでいましたので、隣家の奥さんにそちらへの連絡を頼み、みずからは、幸田夫婦の長男・昌久をねんねこでおんぶし、タクシーで築地署へ駆けつけました。

幼児を背負った半狂乱の老女が突然やって来て受付係は大いに驚き、何度も母の身元を問い質したようですが、その間に本家の小林市司も到着しましたので、ようやく小林多喜二の母と確認して二人を特高室へ連れていきました。

母は、どうして息子の死を知らせてくれなかったのか、せめて死に水でもとってやりたかったのにと迫りましたが、特高は、本籍地には連絡済みの一点張りであとはだんまりを決め込むばかりです。

特高室の前の廊下には新聞記者や写真班員のほか、江口渙氏、佐々木孝丸氏、医師の安田徳太郎博士、青柳、三浦の両弁護士など多数の人が押しかけましたが、特高室の扉は堅く閉ざされたままです。

母は、一刻も早く息子に会うことを要求しました。しかし、それが受け入れられたのは夜も九時になってからで水谷特高主任の案内に従い、署の裏門からいったん往来へ出て、遺体の安置されている前田病院に向かいました。

病院でも、中に入ることを許されたのは母と本家だけで、あとの人々は寒くて暗い闇の中に放置されたままでした。

原泉子さんなどは母よりも先に病院に駆けつけていたのですが、警視庁と築地署の特高たちに厳重に警戒されていて院内に入ることを許されないばかりか、抗議する原さんの両腕をねじ上げて検束しようとする始末です。ちょうど貴志山治、大宅壮一両氏らがそこへ駆けつけて来て、原さんを特高から奪い返したのでした。

母が病院に入って四十分後に、寝た状態で乗ることが可能な自動車が到着し、一面白布に覆われた兄の遺体が担架で運び出されると、そのまま、寝台自動車に移されました。母と本家が側に同乗しました。

安田博士、江口渙氏、佐々木孝丸氏など五人を乗せたタクシーが寝台自動車の後を追い、銀座、日比谷、半蔵門、四谷見附、新宿を通って青梅街道の馬橋に向かいました。

私が帰宅したのは、兄の遺体が前田病院を離れたころです。

自宅に近づくと、すべての部屋に明かりが点っています。何事かと訝《いぶか》りながら玄関を入ると、来訪者に備えて玄関口を整理するためたまたまそこに居合わせた斎藤次郎さんが私を認め、涙目で兄の急逝を知らせてくれました。

仰天した私が、すぐに前田病院に向かうと口にすると、遺体は病院を出た旨の電話連絡があったばかりだから今は待つしかないと諭されました。家の中には、乗富道夫さんや寺田行雄さんなど小樽時代の友人や近所の人がすでに詰めかけて兄の帰宅を待っていました。

私は、五分おきに外に出て様子を窺いますが、なかなか帰ってきません。後で分かったことですが、阿佐ヶ谷駅の付近まで来たところで道に迷い、二台の車は同じところを何度かぐるぐる回っていたのでした。

十時半近くになってようやく遺体が到着しましたので、兄が地下生活に移るまで使用していた八畳間に運びました。直後に、宮本百合子、佐多稲子の両女史が駆けつけてくれました。

あらかじめ敷いておいた布団に兄を寝かせると、母は、兄が着せられていたシャツを脱がせ、一部に死斑の浮き始めている兄の胸を涙ながらに撫でまわしました。

「うちの兄《あん》ちゃんは心臓は悪くねぇです。心臓が悪ければ泳げねぇのに、うちの兄ちゃんは子どものときから、三吾を連れてよく泳ぎに行ってたんです」

涙ながらにそう訴えた母は、今度は、

「なにも、殺さなくてもええのに、……なんということをしてくれたんだ」

と、嘆いて兄の顔を撫で、髪の毛を掻き上げながら、

「それ、もう一度立たねぇか。皆さんのためにもう一度立たねぇか」

と叱咤するように言って兄の顔を抱え込みました。

私を初め、その場にいた者は誰も言葉を発することができず、ただ、突然息子を奪われた母親の狂おしいばかりの仕草に圧倒されて緘黙《かんもく》していました。私は、真実母が発狂してしまうのではないかと惧《おそ》れました。

「私も心臓麻痺ではないと思いますが、一応、確認してみましょう」

極限まで高まっていた母の感情がやや落ち着きを見せ始めたところで、風邪ぎみらしくて鼻声になっている安田博士がそのように提案し、博士の指揮のもとで遺体の検査が始まりました。

限界まで青ざめた顔は、激しい苦痛の跡を残した筋肉の凹凸が険しいので、到底平生の

兄の表情ではありません。頬がげっそりこけて両眼が落ち窪んでいます。左のコメカミには二銭銅貨大の打撲傷を中心に五、六ヵ所の傷があります。それがみな皮下出血を赤黒くにじませているのです。

首にはひと巻き、ぐるりと深い細紐の痕があります。よほどの力で絞められたらしく、くっきり深い溝になっています。そこにも無残な皮下出血が赤黒く線を引いています。歯も、上顎部の左の門歯が、ぐらぐらになってかろうじてついているだけです。左右の手首にもやはり縄の跡が円く食い込んで血が赤黒くにじんでいました。

「これだけやられていれば、この段階で死に到った可能性がある」

安田博士が誰にともなくつぶやきました。

しかし、そんなものは、身体の他の部分に比べるとたいしたことではありませんでした。さらに帯を解き、着物を広げ、ズボン下を脱がせた時、兄の最大最悪の死因を発見して私たちは、

「わっ」

と声を上げ、思わず一斉に顔をそむけました。

毛糸の腹巻に半ば覆われた下腹部から左右の膝頭へかけて、下腹といわず尻といわず、

前も後ろどこもかしこも、赤黒い陰惨な色で一面に覆われています。そのうえ、よほど多量の内出血があるとみえ、腿《もも》の皮膚がぱっちり割れそうに膨れ上がっています。そして、その太さが普通の人間の二倍もあります。さらに、内出血は陰茎から睾丸におよび、この二つのものが異常な大きさにまで腫れ上がっていました。兄は性器へも激しい攻撃を加えられたのです。

兄の結婚相手である武藤ちづ子さんに逮捕歴があることは前に述べたとおりですが、ちづ子さんが拷問を受けた際も性器への辱めを受けた由を私は小耳にはさんでいます。ちづ子さんに限らず、女性の逮捕者の多くがそうした仕打ちを受けたと語っています。特高の拷問は、ただ残虐なだけでなく、きわめて嗜虐的で猟奇的でもあるのです。

兄の遺体をさらによく見ると、赤黒く膨れ上がった腿の上には左右とも、釘《くぎ》か錐《きり》のようなものを打ち込んだらしい穴の跡が十五、六ヵ所もあり、そこだけは皮膚が破れて下から筋肉がじかに顔を出しています。その肉の色がまた陰惨な青黒さで、他の赤黒い皮膚面からはっきり区別されているのです。

腿から下を調べていくと、いわゆる弁慶の泣き所にも深く削ったような傷の痕が幾つもあります。そのときの苦痛の激しさを想像して私たちは胸を締め付けられましたが、それよりも、もっと強烈な印象で私を戦慄させたのは、右の人差し指の骨折でした。それはいわゆる完全骨折で、人差し指を反対方向へ曲げると、楽に手の甲につくのです。指の骨が粉々になるまであおられたのです。

着物を脱がせて上体を改めると、左の乳首の脇に一センチ四方の真新しい絆創膏が貼られています。静かにはがすと、そこにも釘か錐で刺したような小さな穴が開いています。その真下は心臓に他なりません。

戦前でも拷問は法律で禁止されていました。しかし、兄に加えられた拷問は、首の紐跡といい胸の刺し傷といい、明らかに殺意を感じさせるものと断じてよいかと私は思っています。

最後に身体を俯《うつむ》けにして確認すると、背中も全面的に皮下出血しています。ここも、腿ほどひどくはありませんが、やはり木刀か竹刀で激しく殴られたり革靴で蹴られたりしたことは瞭然としていました。

小説『一九二八年三月十五日』の拷問場面を描くとき、兄は、自分が拷問を受けているような気分になってウン、ウン唸りながら筆を進めていたのを私が偶然垣間見たことがありました。夏の明け方のその場面を想起しながら、私は今この手記のこの部分を涙ながらに書き進めています。その涙は、哀悼と悔しさが入り混じった複雑な涙です。言論には言論で応えるべきであって、言論に対するに竹刀や木刀や釘や錐やなどのそれこれを用いるのは絶対に許されないのです。

「これほどひどくやられているのでは、むろん、腸も破れているでしょうし、膀胱だってどうなっているか分かりません。腹の中は出血で一杯でしょう。真相を知るには解剖の必要があります」

沈痛な面持ちの安田博士が、その場に結論を告げるように言いました。

そうこうしているうちにも、兄の同志や仲間たちが次々に弔問に訪れ、部屋の中は三十人あまりの人々で一杯になりましたが、その中には田仲タエちゃんと妹のミツちゃんも混じっていました。

日付けが変わるころになって、貴志山治、千田是也、原泉子、佐土哲二の四氏がデスマスクの準備をして馳せつけました。千田と佐土の両氏はすぐ作業にとりかかり、それとは別に岡本唐貴氏が死に顔を油絵で描き始めました。貴志氏の斡旋《あっせん》で、時事新報社の前川カメラマンが傷跡や遺体の全体を何枚かの写真に収めました。

それらが一段落するのを待っていたかのようなタイミングで、洋装の女性がひとり慌ただしく室内に入ってきました。名前を言ったようですが、くぐもった小さな声でしたのでうまく聞き取れません。

その女性は寝ている兄の右の肩近く、布団の隅に膝頭を乗り上げて座り、兄の死に顔をひと目見ると、顔を上向きにして両手でかかえ、

「悔しい、悔しい、悔しい」

と声を立てて泣き出しました。さらに、

「ちきしょう、ちきしょう」

と悲痛な声で叫ぶと、兄の頭髪を掻き毟《むし》らんばかりに激しく愛撫してまた泣き続けます。ひどく興奮して取り乱しています。

私を含め、居合わせた誰もがその若い女性が何者なのか気になりましたが、誰もそれを問い質すことはできません。地下活動をしている人々の人間関係を、合法場面にいる者は絶対に解き明かそうとしてはならないのです。私たちは、ただ茫然とその場を見つめているだけでした。

少し気持ちの落ち着いたらしいその女性は、兄の顔を何度もやさしく撫で、最後に兄の唇にかるく接吻すると、あとは小さく会釈してその場を立ち去りました。

この女性が兄の結婚相手である武藤ちづ子さんであったことを私が知ったのは、それから三日後のことでした。原泉子さんが、熟慮のうえ、禁を破るかたちで私だけに耳打ちしてくれたのです。女優である原さんは、一時期「左翼劇場」の研究生であった武藤ちづ子さんの顔を記憶していたのでした。

ただ、その翌々日、私が母にさりげなくその話をすると、母は、多喜二がタエちゃん以外の女性にこころ移すことは考えられないと言って、まったく取り合いませんでした。母は、兄とタエちゃんの双方に絶対の信頼を寄せていたのです。ちづ子さんの身の安全を考えればその方が好都合なので、私も、その件についてはあとは誰にも一切口外しませんでした。

それと前後して、根拠は何もないものの、シゲティの演奏会のチケットを匿名で送ってくれたのはこの女性ではないかという想いが私の頭のなかを過ぎりましたが、これまた私は堅く口をつぐんで、自分のなかに納めたままにしておきました。

着の身着たまま、交替で短い仮眠をとった私たちは、翌二十二日、遺体の解剖実現について具体的な行動に移りました。

まず、午前中に、安田博士と佐々木孝丸氏が大学病院との交渉にあたりました。しかし、すでに東京大学と慶応大学には当局の手配があったとみえ、小林多喜二と知るとすげなく拒絶しました。

次に、慈恵医科大学に連絡すると、ここは解剖対象者の名前を聞かずに承諾してくれました。

喜んだ私たちは、指定された午後二時に合わせ、私や本家に江口渙、田辺耕一郎、紺野孝二郎の各氏、さらに青柳弁護士も加わって兄の遺体を車で慈恵医大に運びました。安田博士はすでに病院で待ち受けていました。

青柳弁護士と本家が愛宕署に解剖届書を出しに行った間に、遺体は担架で解剖室へと運ばれました。

ところが、午前中には快く解剖を承諾した慈恵医大の当事者の態度が一変しました。解剖は拒否するというのです。ここにもやはり当局から指示が入っていたものの、最初に私たちに対応した人物がその通達に接していなかったのでした。

私たちは、一度引き受けてくれたのだし、現に遺体が解剖室に横たわっているのだからと訴えて粘り強く要請しました。しかし、大学側は頑《かたく》な姿勢を改めません。二時間交渉しても結局埒《らち》があかず、私たちはやむなく遺体をそのまま自宅に運び返しました。

私たちが解剖のために遺体を運び出して間もなく、警視庁と杉並署は、わが家から五十メートルほど隔てた空き家を警戒本部にあて、五十余人の警察官を動員してわが家の周りを包囲しました。

さらに杉並署は、「刑死者犯罪者葬儀取締法」なるものを持ち出し、兄の葬儀、通夜のための集会は不穏と認められるから親戚以外の参集を許さないとの通達を出して、家の中から近親者の他はみな追い出し、弔問に来た人たちを片っ端から検束しました。

あまりの仕打ちに私たちは強く抗議しましたが、江口渙と佐々木孝丸の両氏が葬儀の立会いを許されただけで、その夜の通夜の出席者は、母と私のほか、本家筋の寺田節、島田マツ、それに江口渙氏の五人だけで執り行いました。屋外のものものしい光景とまるで対照的な淋しい通夜でした。

しかし、このころから、全国の民主団体や労働組合、さらに同志や読者などから弔電がひっきりなしに寄せられ、花輪や花籠などが届きました。

翌日も厳重な警備が続いて弔問客は誰もわが家に近づくことができません。相変わらず弔電はつづき、奈良の志賀直哉先生からは、母宛に供花料とともに次のような弔文が届きました。

御令息御死去の趣き新聞にて承知誠に悲しく感じました。前途ある作家としても実に惜しく、又お会ひしたことは一度でありますが人間として親しい感じを持って居ります。不自然なる御死去の様子を考へアンタンたる気持になりました。

御面会の折にも同君帰られぬ夜などの場合貴女様御心配の事お話しあり、その事など憶ひ出し一層御心中御察し申し上げて居ります。同封のものにて御花お供へ頂きます。

（三吾注：旧字体の漢字は新字体に改めました）


なお、これは私も戦後になってから知ったのですが、兄の命日である一九三三年（昭和八年）二月二十日は志賀直哉先生の五十回目の誕生日に当たっておりました。当時の先生の日記には、警察権力による兄の抹殺を「不愉快」と断じるとともに、「不図彼等の意図ものになるべしといふ気する」との想念が湧いた旨が記されています。

兄の告別式は二十三日の午後二時から八畳の部屋で行われました。真紅の布に包まれ、黒いリボンで結ばれた柩の中の兄に永遠の別れを告げたのは、母、私、長姉チマと夫の佐藤藤吉、本家の小林市司夫婦、親族の寺田トヨ、田仲タエちゃんと妹のミツちゃん、斎藤次郎さんとその父君、江口渙氏、佐々木孝丸氏の十三人でした。

江口渙氏が司会役を務め、兄の生涯と業績について語り始めましたが、込み上げてくる悲憤慷慨の情にむせび泣き、話半ばで詰まって最後まで続けることができませんでした。

午後三時過ぎ、兄の柩は杉並区堀の内の火葬場へ向かいました。警戒区域を脱した沿道の両側には、ひそかに霊柩車を見送ってくれる街の人々の姿がありました。

警視庁と杉並署の特高は、堀の内火葬場まで執拗な警戒を解きませんでした。

仕事の関係もあっていつまでも東京に滞在しているわけにはいかなかった佐藤夫婦が北海道に戻ったのは三月九日です。ところが、午後六時半着の急行から小樽駅に降り立つと、そこには無粋な人だかりができていました。小樽署の特高を初めとする制服や私服の警備陣が待ち受けていたのです。兄の遺骨を持ち帰ったのではないかということで、義兄もチマも携帯品の一つ一つまで調べられましたが、遺骨は馬橋の自宅に安置したままですので、幸い長姉夫婦が酷《ひど》い目にあうということはありませんでした。

葬儀がまだ行われていないという事情もありましたが、兄の遺骨を郷里大館の祖先の墓に合葬するかそれとも第二の故郷である小樽の墓地に埋葬したらよいか、その時点では母も私もまだ決めかねていました。純白の布に包まれた兄の遺骨は、兄が地下に入る前に毎日使用していた机の上に置かれており、傍らには、右手に煙草をはさみ、左手を火鉢にかざしている和服姿の兄の写真が飾られていました。生前、兄がとても気に入っていた写真です。

兄の葬儀は、三・一五の記念日にあたる三月十五日に、解放運動犠牲者の最高の栄誉とされている全国的な労農葬として行われました。会場は築地小劇場で、葬儀委員長は江口渙氏でした。

当日は、風のない薄曇りの暖かい日でした。大動員された警察官は、すでに午前中に築地小劇場に配置されていました。周辺の広い地域には五メートル置きに制服巡査が立ち並ぶとともに、私服刑事が行き来して通行人を尋問、少しでも不審に思われる者はその場で直ちに検束しました。

デモは午後三時と七時の二回予定されていました。東、西、南、北の四地区に分散して数百人の人々が参集しましたが、トラックに分乗した警官隊の襲撃を受けて会場に近づくことはできませんでした。

午後七時頃、六人の女性を先頭にした四十人ほどの一団が、警戒線を突破して会場近くまでデモ行進しましたが、会場に待機していた警官隊にほとんど全員が検束され、トラックで運び去られてしまいました。

東京の労農葬はこのような弾圧下で行われましたが、この日は全国各地でさまざまな形で労農葬が実施されました。札幌、小樽、函館、青森、新潟、神奈川、大阪、兵庫などではビラが配布され、追悼の夕べが催されました。また、各地の職場で追悼と抗議の集会が多数もたれました。

中国の魯迅を初め、海外からもたくさんの弔辞や抗議文が寄せられました。

日本共産党機関紙「赤旗」、日本共産同盟機関紙「無産青年」、文化連盟の『プロレタリア文化』『大衆の友』『働く婦人』、作家同盟の『プロレタリア文学』など多数の民主団体機関紙誌が追悼や抗議の特集を組みました。

兄の命日は二月二十日ですが、三月に入って程もなく、姉夫婦が北海道に発ったのに合わせて、母と私は馬橋の借家を引き払い、とりあえず品川に六畳間を借りて転居していました。

理由は二つあります。一つは、引き続き警察関係者が馬橋の家の周辺をうろうろしていてご近所に何かと迷惑をかける結果になっていたということです。本人はもうこの世にいないのに、兄の亡霊まで取り締まろうとでもしたのでしょうか。もっとも、弔問客は毎日のようにありましたから、その中から〝赤化分子〟を発見できればと考えたのかもしれません。

もう一つの理由は、隣家の奥さんを除き、ご近所の皆様方の私どもに対する視線が急に冷たいものに変わったという事情があります。当時、共産党員は火付け盗賊と同じような範疇で捉えられていましたから無理もないのですが、遺族としてはやはりその視線には耐え難かったのです。

ついでに申しておけば、兄を死に追いやった特高関係者が後に顕彰されたことも遺族としてはショックでした。前述しましたように、戦前でも拷問は禁止されており、虐殺に関与した人物は法によって裁かれるべきです。ところが、兄の生命を奪った拷問の最高責任者とも言うべき警視庁の安倍特高部長、直接の指揮者である毛利特高課長、それに、現場で手を下した複数の特高課員らが、〝赤禍撲滅の勇士〟として称揚され、叙勲や賜杯の沙汰にあずかったのでした。

品川で借りたのは六畳一間ですからとても狭かったのですが、一隅に、兄が地下に入る前に愛用していた机を置き、机上に遺骨、生前の写真一枚、数本の花を立てて慰霊しました。そう私にはあまり見せないようにしていましたが、母はいつも涙目になっていました。

した母を、中野鈴子さんなどが訪ねて来て慰め励ましてくれました。

兄がいなくなって、母の面倒は全面的に私がみることになりました。しかし、私には、ようやく本格的になってきたバイオリンの勉強があって、なかなか思いどおりにことが運ばない場合も少なくありません。そうした私の状況も考慮してくれたのでしょう、母は、長姉チマや次姉ツギと手紙を遣り取りし、自分の余生はチマ夫婦と一緒にという結論を出しました。

母が兄の遺骨を抱えて北海道に発ったのは東京の桜がちょうど満開のころおいでした。その折は小樽駅で警察に迎えられるといったこともなく、無事にひとまず幸田の家に着いたのでした。

労農葬は無宗教でしたので兄には戒名がありません。小樽に戻った母はその地の親戚一同と相談し、五月末の百カ日法要の折に、新富町の龍徳寺の住職にお願いして「物学荘厳信士」という戒名を頂戴しました。

法要にあたって、兄の納骨先についても相談が行われ、すでに私どもの父が入っている小樽の小林家の墓に合葬するのがよいだろうとまとまりました。もちろん私にも相談がありましたが、私としても何の異存もありませんでした。

こうして兄は、三年前の六月に自分が建立した「小林家之墓」に入り、ようやく永遠の安らかな眠りについたのでした。

＊

今年（一九五三年・昭和二十八年）は、兄がこの世を去ってちょうど二十年になります。私は四十四歳になりました。

これは偶然ですが、この春に、今は老巧の域に達したあのシゲティが来日し、ベートーベンのバイオリン協奏曲を、奇跡的に戦災を免れていたあの日比谷公会堂で演奏しました。共演は近衛秀麿指揮の東京交響楽団で、私も、十人編成の第一バイオリンの一員としてステージに上がりました。

最初この話が出たとき、私は複雑な気持ちになりました。場合によったら、出演を辞退しようかと思ったぐらいです。

生きていた兄と最後に会ったのが日比谷公会堂で、その時もシゲティがベートーベンのバイオリン協奏曲を演奏しました。曲目、独奏者、指揮者、さらには会場までもが同じですから二十年前の再現と評してよいかと思います。もちろん、二十年前の私は客席にいただけですが。

しかし、二十年経っているとはいえ、私がその場で同じ演奏者による同じ曲に接すれば否でも応でも当時のことが甦って来るであろうことは容易に想像できます。そうなったら、自分が果たして楽譜どおりにきちんと演奏できるか自信がありません。それで、出演辞退といったことが頭に浮かんだのです。

しかしながら、私はすぐに考えを改めました。そもそも私がバイオリニストになるきっかけをつくってくれたのは兄ですし、その後も兄のさまざまな援助があって自分の今日がある事実を顧みると、私の出演を兄はこころから喜んでくれるはずです。辞退などしたら厳しい叱責は免れ難いのです。

ただ、そうした論理は理性の世界での話であって、本番の舞台上で私の感情がどのように動くかはあらかじめ想定できない要素も含んでいます。もし、しっかりした演奏ができなくて管弦楽団や独奏者に迷惑をかけたりするような事態に立ち到れば、それはお詫びして済む話でないこともはっきりしています。

私は、第一バイオリンの担当部分をすべて暗譜してしまうことでその弊を除去すると覚悟を決めました。通常はそのような暗譜はあまりないのですが、当日自分に何があっても演奏できるようにしておくためにはそれ以外の方法は考えられませんでした。幸い、以前に日本人独奏者でその協奏曲を一度演奏した経験があり、それは少なからず私を励ましてくれました。

開演直前に、楽屋とステージをつなぐ出入口から客席をちょっと覗いてみると、場内は満員の盛況でした。二十年前に兄と私が肩を並べて座っていた二階席の中央部分には若い男女のカップルが席を占めて楽しげに笑顔を交わしています。つかの間、私は時代の流れを感じました。

ご承知のように、第一バイオリンは、客席から見て指揮者の左側に十人ほどが二列に並んでいるのが普通です。私の席はコンサートマスターのすぐ後ろでしたので、楽団員六十人ほどの中でもっとも客席に近い場所にいる奏者の一人です。舞台上で何か変な仕草があれば、たちまちお客さんに見抜かれてしまいます。

完全に暗譜して演奏会に臨んだ私ですが、念のために楽譜は見ながら指揮者の指示に従って自分のパートをこなしていきました。

しかし、第一楽章の終わりごろになると涙で楽譜が滲んできました。二十年前のあの日がどうしてもよみがえってきて、理性では涙を止められないのです。暗譜のおかげで何とかそこを乗り切り、第一楽章の後の小休止でさりげなくハンカチを使いましたが、第二楽章、第三楽章でもやはり同じように涙が自然に湧いてきます。私はほとんど眼を閉じながら、とにかく暗譜したとおりにバイオリンを弾きました。指揮者は私の様子が常と異なるのに気づいていたふうですが、幸い、演奏そのものはミスなく終えることができました。

この演奏会には私の妻と、今は妻の友達になっているタエちゃんも聴きに来ていました。その夜、こわごわ妻に確かめると、二人とも舞台上での私の異常には気づかなかったそうで、それはそれでホッとしました。

兄が死去した後タエちゃんは努力して立派な美容師になり、同居していた弟妹を一人前にするとともに、親たちも東京に呼び寄せました。そんなこんなで結婚適齢期を逃してしまいましたが、三十歳過ぎてから横浜のある商家に良縁を得て今は幸せに暮らしています。兄の死後も祥月命日には必ずわが家を訪ねて来てくれる習慣になっており、それで、私が結婚してからは私の妻とも親しくなったのです。

母は、八十歳になりました。普段は長姉チマのところを生活の根拠にしていますが、孫が長女チマの佐藤家に一人、次女ツギの幸田家に六人、末娘幸の嫁いだ高木家に三人、それに私のところに二人と合計十二人もいますので、孫の世話を名目によくそれぞれの家に遊びに出かけています。

チマの影響でキリスト教会に足を運んでいるらしい母は、最近、日本共産党に入党しないかとの誘いを受けているようです。自分の息子が文字どおり命をかけて守った思想や信条がどういうものであったかを知るためによい機会だと思ったりもしている様子ですが、難しい書物などは読めないこともあって未だ気持ちを決めかねているふうです。

私たち兄弟姉妹も、共産主義というものをよく理解できなくて、兄との関連以外では共産党とのおつきあいはありません。

そうした方面とも関連する苦い思い出が私にはあります。

兄の没後十年以上も経過してからですが、太平洋戦争の最終盤の頃、私は教育召集で旭川の第七師団に入隊しました。私が小林多喜二の弟だという事実は周囲の誰も知ってはいませんでした。

ところがある日、召集仲間の一人が、訓練の休憩中に、

「小林、貴様は小樽の出身だそうだな。小樽の小林といったら、小林多喜二と何か関係があるのか？」

と小さな声で聞いてきました。私は、どう答えたらよいものか咄嗟には判断をつけかねて、

「兄貴かもしれねぇな」

と口にし、曖昧に微笑をもらしましました。

私が冗談を言ったと受け止めたらしいゲジゲジ眉の相手は、

「貴様が多喜二をどう思ってるか知らんけど、俺は尊敬してるぜ。大した男だよ、多喜二って男は」

と言って、ちょっと遠い目をしました。私は、それにもどう応じたらよいのか分からず、ただ沈黙していました。

私が話し相手にならないと判断したらしい同年兵は、あとは一切兄の話をせず、小銃の銃身を磨き始めました。

時代が時代とはいえ、自分が小林多喜二の弟である事実を肯定できなかった自分を私は恥ずかしく思い、兄に申し訳ない気がして、身体は疲れているはずなのに、その夜はほとんど眠れずに過ごしました。

この時の苦い体験は痼《しこり》となって長く私の胸奥深く残り、それが、この回想録を綴る淵源になったのでした。

二十年前に兄が予言したことが今はすべて実現している事実に私は驚嘆しています。当時の共産党は非国民、売国奴の代表のような扱いでしたが、現在は二桁の国会議員を擁し、国政全体に一定の政治力を有しています。自由、平等、平和など、兄たちが掲げた理念が国中に行き渡って、今の日本はかつて経験したことのないほど豊かな国になっているのです。兄は時代の二十年先を走っていたということなのでしょう。

最後に、兄が数ヵ月間だけ結婚生活をした武藤ちづ子さんについて述べておきます。結論を言えば、あの夜に短時間眼にして以来、小林家の人間は誰も彼女とは会っていません。党関係者でないようで、私どもが兄の関係で党の招待を受けた場合などでもお会いする機会がまったくないのです。今は森野という姓になっていると仄聞《そくぶん》しています。俳句をよくする方だとの風聞にも接していますが、私も最近になって俳句に興味をもち始めました。というのも、兄の忌日が俳句の新しい季語として認められつつあるらしいのを新聞の文化欄で眼にしたからです。遺族としては嬉しいかぎりです。

私がパン屋に生まれ育った関係もあって、結婚当初からわが家の朝食はパンです。最初は敬遠していた妻も、手軽でよいからと今はパンの長所を生かしていますし、離乳食のときからパンに親しんでいる子どもたちも私の大いなる味方です。

思いがけず長くなってしまったこの手記の最後に、私の最近作を添えさせていただくことをお許しいただきたいとお願いする次第です。

多喜二忌やパン屋でもらうパンの耳　　三　吾

〈了〉

あとがき

本書を成すにあたっては多くの文献を参照したが、なかで『定本　小林多喜二全集　全十五巻』(新日本出版社)、『小林多喜二』(手塚英孝著　新日本出版社)、『小林多喜二―21世紀をどう読むか』(ノーマ・フィールド著　岩波新書)、『小林多喜二と宮本百合子』(蔵原惟人著　国民文庫)、『小林多喜二読本』(多喜二・百合子研究会編　新日本選書)、『小林多喜二　日本文学アルバム』(筑摩書房)、『母の語る小林多喜二』(小林廣編　新日本出版社)、『闇があるから光がある』(荻野富士夫編著　学習の友社)、「『文学』としての小林多喜二」(神谷忠孝他編著「国文学解釈と鑑賞」別冊)、『アジア、冬物語』(山口泉著　オーロラ自由アトリエ)、『志賀直哉全集　全十五巻』(岩波書店)には特にお世話になった。記して感謝の意とする。

末筆ながら、本書の刊行にあたって多岐にわたり何かとお世話になった秋田文化出版の渡辺修氏に深い謝意を表する。

著者略歴

柴山芳隆（しばやまよしたか）

一九四二年　秋田市生まれ。

一九六六年　東北大学文学部卒業、教員として勤務。勤続十年を過ぎた頃から、教壇に立つ傍ら創作活動に従事。

一九八七年　最初の単行本である中編小説集『しろがねの道』刊行。以後、短編小説集『桜の海』『風光る』、中編連作『水の系列』、長編小説『風の紋様』『砂の傾き』『二つの校歌』『続二つの校歌』『白菊の歌』『憶良まからん』『式部むらさき』『芭蕉ほそ道』『信長　是非に及ばず』『水色の本能寺』『緑の衝立』『はるかなる航跡』（日本図書館協会選定図書）『青の憧憬』『揺れやまず』、エッセイ集『北の言の葉』等。

第三回（一九八六年）及び第六回（一九八九年）さきがけ文学賞選奨。平成七年（一九九五年）度秋田県芸術選奨。羽後文園（毎日新聞）俳句部門年間大賞（二〇一二年）・同短歌部門年間大賞（二〇一三年）、みちのく歌壇（朝日新聞）年間最優秀賞（二〇一三年）・同俳壇年間優秀賞（二〇一四年）。

多喜二忌や

二〇一七年二月二〇日　初版発行
定価（本体一五〇〇円＋税）

著　者　柴山芳隆

発　行　秋田文化出版㈱
〒〇一〇―〇九四二
秋田市川尻大川町二―八
TEL（〇一八）八六四―三三二二（代）
FAX（〇一八）八六四―三三二三
＊

ISBN978-4-87022-575-6
地方・小出版流通センター扱